# MI OTRA MITAD

Andrea Izquierdo

# MI OTRA MITAD

CROSS BOOKS

Crossbooks, 2018
infoinfantilyjuvenil@planeta.es
www.planetadelibrosinfantilyjuvenil.com
www.planetadelibros.com
Editado por Editorial Planeta, S. A.


Avda. Diagonal, 662-664, 08034 Barcelona
Primera edición: septiembre de 2018
ISBN: 978-84-08-19400-2
Depósito legal: B. 16.142-2018
Impreso en España – *Printed in Spain*

El papel utilizado para la impresión de este libro es cien por cien libre de cloro y está calificado como **papel ecológico**.

# PRÓLOGO

Una de las sensaciones más extrañas que el ser humano experimenta a lo largo de su vida es hacer algo por primera vez. Ese miedo a lo desconocido, un cosquilleo que se apodera de tu cuerpo cuando piensas que estás a punto de probar una cosa nueva... Una sensación a la que mucha gente se ha vuelto adicta. A veces, sientes cómo se te pone la carne de gallina de pensarlo; otras no es así, e incluso es probable que no te des cuenta de que lo has hecho hasta que el momento ya ha pasado. Muchas veces, ni siquiera hemos planteado tal experiencia. Sea como sea, todo el mundo habla de ellas.

Las primeras veces son como una mezcla de curiosidad buena y mala a partes iguales. Como encontrarse en el punto más alto de una montaña rusa, disfrutando de las vistas pero sabiendo que en cualquier momento no habrá vuelta atrás y te precipitarás al vacío en cuestión de segundos.

Cerré los ojos y pensé en mis primeras veces. La mayoría de los recuerdos que tenía eran bonitos. Me traían a la mente imágenes de otros tiempos, cuando mi familia todavía estaba unida y mi vida era, por decirlo de alguna manera, normal. Mi primer beso, por ejemplo, debajo de una mesa en el instituto Hayworth tras perder una apuesta con el chico más popular de la clase. La primera vez que subí a un avión para ir de vacaciones con mi familia a Miami. Nuestra primera mascota, una tortuga que se escapó de casa y nunca más volvimos a saber nada de ella. La primera vez que tuve sexo con un chico, y que preferiría olvidar...

Sin embargo, nadie habla de las últimas veces que tienes que hacer algo. Quizá porque no estamos preparados para decir adiós a lo que nos rodea, o porque pensamos que vamos a vivir para siempre, hasta que hayamos exprimido cada minuto de nuestro tiempo sobre este planeta. O porque vivimos demasiado confiados, pensando que somos muy jóvenes para que llegue el momento de desaparecer. De no volver nunca más.

Si me muriera ahora mismo, el último helado que habría comido sería de fresa y plátano. La última persona con la que habría hablado me habría hecho llorar. Y mis últimas palabras habrían sido gritos de odio hacia mi familia. Pero, eso sí, habría pasado mis momentos finales en la casa en la que me había criado. Una pequeña luz en un agujero negro en el que estaba perdida.

Mientras ese momento llega, vivimos en una fase intermedia. Un lugar donde tenemos la suficiente confianza para pensar que sabemos lo que hacemos, pero no cuándo lo haremos por última vez. Cuando tienes diecisiete años no te planteas el final, porque es algo que está demasiado lejos. Hasta que pasa algo que hace que te pierdas en la línea del tiempo y que lo que parecía lejano se encuentre detrás de ti.

Abrí los ojos esperando encontrar mi habitación tal y como estaba siempre: bastante desordenada, sí, pero llena de recuerdos. En vez de ello, la vi como realmente se encontraba: vacía. A mi alrededor no quedaba ningún mueble, ni siquiera la cama, y todas las cajas que se amontonaban en el suelo en los días de la mudanza habían ido desapareciendo una a una y estaban ya esperándome en mi próximo hogar. En esos momentos no era capaz de pensar en otro lugar al que pudiera llamar así. Sin embargo, aquella era una realidad a la que tenía que hacer frente cuanto antes si quería pasar página. Ya no había nada más que hacer en mi antiguo cuarto salvo observarlo por última vez.

Después de guardar en cajas todas mis pertenencias, la estancia parecía más pequeña. Un aroma a pintura me inundaba la nariz cada vez que respiraba, y eso que solo habíamos pintado una parte del pasillo y siempre mantenía mi puerta cerrada. Aun así, el característico olor había conseguido colarse y acomodarse en mi habitación. Era como si quisiera echarme, como si se hubiera autoproclamado nuevo propietario de la casa y me estuviera obligando a marcharme de allí porque mi presencia lo molestaba.

Me despedí de las paredes vacías, que mostraban los espacios donde había habido cuadros y pósteres de mis grupos de música favoritos. La marca que había dejado el de la portada de mi disco favorito de Fools Garden era el más llamativo. El cuadrado perfecto era de un color ligeramente más claro que el resto de la pared. Algo parecido ocurría en la zona donde guardaba mis pósteres de Alphaville. Si Aria hubiera visto que ya no estaban ahí, lo primero que habría dicho hubiera sido algún comentario ingenioso sobre si Alemania había perdido la Segunda Guerra Mundial en mi habitación, por el hecho de que habían desaparecido. Siempre se metía conmigo por escuchar grupos alemanes de los años ochenta y noventa, aunque cantaran en inglés. Aquella era una pequeña manía inexplicable que tenía desde que «Lemon Tree», la canción más famosa del grupo Fools Garden, sonó en la radio cuando tenía doce años.

Miré por la ventana, esperando atisbar algo distinto de aquella vista que hasta entonces me había parecido tan vulgar y ahora sabía que echaría de menos toda mi vida. No podía creer que la estuviera contemplando por última vez. Había dejado perder la mirada en tantas ocasiones por esa ventana que hasta casi podía adivinar la hora que era por la posición del sol. Pasé la mano por la parte inferior del marco, despidiéndome de ella, porque había sido parte de mi historia entre aquellas cuatro paredes, de nuestra historia.

Todas las cosas de Aria se guardaron en cajas que se quedaron en el sótano. Pensar en ello me hizo sentir mal, pero recordé por qué me estaba marchando. Me iba de aquel lugar porque mi padre ya no quería formar parte de esto, quería pasar página y empezar de cero, mientras que mi madre y yo nos negábamos a rendirnos. No habíamos elegido nuestro próximo destino al azar, sino que nos íbamos de allí porque queríamos estar cerca del lugar donde mi hermana fue vista con vida por última vez.

Lo único material que dejé atrás en esa casa, que en cuestión de días quedaría en manos de mi padre, era el espejo de mi habitación. Me pareció curioso que, siendo lo que más había odiado durante todos mis años de vida en Sacramento, California, fuera el único superviviente de mi partida.

Di unos pasos tímidos hacia él. Siempre había evitado pasar por delante de aquel trozo de cristal en el que lo único que veía eran defectos. Cada vez que me miraba, me sentía como si yo fuera una copia defectuosa de otra persona.

Y esa otra persona tenía su nombre y apellidos grabados a fuego en mi memoria.

A pesar de lo que digan muchos sobre la dificultad de las primeras veces por el hecho que supone enfrentarse a lo desconocido, hay algo que tengo muy claro: las primeras veces son más fáciles que las últimas.

Por eso, cuando me miro por última vez, dispuesta a abandonar para siempre mi habitación, no me veo a mí. Solamente la veo a ella.

# 1

Cuando llegó mi turno y me tocó hablar, me quedé completamente muda, sin saber qué decir.

Miré a mi alrededor, pensando si realmente yo estaba allí o si todo aquello no era más que un sueño. En los últimos meses me había dejado llevar por lo que mi mente quería mostrarme cada vez que me quedaba dormida, así que no me habría sorprendido que simplemente estuviera soñando. Sin embargo, no era así. En esta ocasión me estaba enfrentando a algo que no era fruto de mi imaginación. No sonaría el despertador para salvarme de una mala pasada. No me daría la vuelta en la cama, intentando conciliar de nuevo el sueño, aun a sabiendas de que la pesadilla podía continuar. No pospondría la alarma. Porque se podía ignorar un sueño, pero no la vida real.

Caras que no conocía de nada me observaban con atención, a la espera de escuchar mi historia. Era mi primer día en aquel lugar, y no tenía ni idea de cómo funcionaba un grupo de apoyo. Además, no me sentía cómoda en el silencio que se había formado en la sala de paredes azules. La sensación era de agobio constante. Lo primero que pensé al verlas fue que, a pesar de que se hubieran esforzado para que aquello no pareciera un hospital, no habían tenido mucho éxito en su propósito. Pensé en todas las personas que pasaban sus días encerradas en un lugar así e imaginé lo difícil que sería para ellos. Y lo incomprendidos que se sentirían. Si yo no podía aguantar más de una hora en el hospital Margaret Sanger...

Diez pares de ojos me miraron fijamente, a la espera de mis palabras, ávidos por conocer el motivo por el que me encontraba entre ellos. Formábamos parte de un círculo irregular sentados en sillas demasiado incómodas. En total, éramos doce personas: la psicóloga, que nos pidió que la llamáramos Sabrina, y once participantes. Los otros diez parecían prestar mucha atención excepto uno, que prefería perderse en sus pensamientos y observar lo que ocurría por la ventana a escuchar lo que yo tenía que decir. Y, en realidad, lo prefería así. No me gustaba que me taladraran con la mirada, porque sabía que lo que veían iba más allá de lo que los ojos podían apreciar.

No hizo falta que dijera mi nombre, porque en el mundo la mayoría de las personas, sobre todo aquí, en los Estados Unidos, me reconocía por mi cara. Era algo contra lo que no podía hacer nada. A pesar de que había ganado varios kilos desde que me mudé a Crescent City y que mi forma de vestir y mi pelo habían cambiado en el último año, seguía teniendo el mismo problema. Miradas, susurros y silencios que lo decían todo cada vez que salía de casa.

De ahí que decidiera lanzarme y hablar en aquel momento, para desviar la atención de mi apariencia a mis palabras. En cuanto abrí la boca y conseguí decir algo, hasta el chico que había estado mirando todo ese rato por la ventana recuperó el interés por mí.

—Me llamo Emily... Jones. —Siempre que podía intentaba hacer una pausa entre mi nombre y mi apellido, como si eso fuera a cambiar algo. Noté que la persona que estaba a mi derecha se removía en la silla, lo que me obligó a pensar que era porque se sentía igual de incómoda que yo, y no porque hubiera comenzado a hablar—. Tengo diecisiete años y me he mudado a Crescent City desde Sacramento para cambiar de aires.

Miré hacia abajo, intentando encontrar una vía de escape dejando divagar la vista en el tejido de mis pantalones vaqueros. Tragué saliva, esperando que aquello que había dicho fuera suficiente. Ya había notado varias miradas indiscretas, a la espera de que contara más cosas, quizá algo que no hubiera salido en los periódicos o en la televisión. Así era como me sentía cuando salía a la calle: como si yo fuera la exclusiva andante de un caso sin resolver.

La psicóloga que dirigía el grupo, Sabrina, hizo un gesto con la cabeza, invitándome a proseguir con mi historia. La miré de reojo, y mis temores se confirmaron. Quería evitar el tema, así que, como no encontré otra escapatoria, decidí continuar por el camino «fácil».

—Por ahora, mi meta es superar el divorcio de mis padres y encontrar apoyo a la hora de... de conocer gente nueva aquí. —Mi voz sonó más grave de lo normal, como si le estuviera dando una mala noticia a alguien.

En cuanto terminé la frase, me arrepentí de haber dicho aquello. ¿Realmente quería conocer gente nueva? No, había hablado demasiado deprisa, sin pensar. En realidad, estaba mejor sola, a mi bola, encerrada en mi habitación siempre que podía y saliendo solo para lo estrictamente necesario.

Sabrina asintió, más convencida con mi intervención, y fijó la vista en otra persona, dispuesta a hacerle una pregunta. Por ahora, en aquella terapia de apoyo entre jóvenes participaron un par de personas que habían tenido conflictos por peleas con familiares o en el instituto, una chica que había sufrido acoso escolar toda su vida y un chico que acababa de superar un problema de agorafobia y llevaba ya dos meses saliendo a la calle después de casi tres años sin abandonar su cuarto a causa de la enfermedad. El resto todavía no había dicho nada. Tampoco el chico que miraba melancólicamente por la ventana.

Tosí para aclararme la voz, aunque fui consciente de que lo más probable era que ya no tuviera que intervenir más veces en lo que quedaba de sesión. No esperaba que me presionaran más en mi primer día. O al menos eso había visto en internet, en foros donde la gente contaba sus experiencias en grupos de apoyo, en los que yo no había participado nunca. Había tenido consultas privadas con psicólogas y psicólogos en los últimos meses, a veces sola, otras acompañada de uno de mis padres, pero jamás había hablado de ello delante de un grupo. Ser consciente de que ya no tendría que decir nada más hizo que se me relajaran los músculos, y me di cuenta en ese momento de que había estado tensando los de la espalda durante más de quince minutos.

El turno de los adolescentes y jóvenes que me rodeaban fue saltando de uno a otro, y llegó un momento en que perdí la concentración y me relajé, al ver que Sabrina no se dirigía a mí de forma directa durante el resto de la sesión.

Fijé la vista en el chico que tenía justo enfrente y vi que seguía ensimismado, buscando algo con la mirada. De vez en cuando sus ojos cambiaban de objetivo, como si estuviera esperando a que alguien apareciera en la puerta del hospital para ir a buscarlo. Tenía el pelo corto, oscuro y las cejas pobladas. Los ojos de color verde destacaban sobre su piel blanca, algo más morena por la zona de los brazos. Vestía de manera muy sencilla, con una camiseta básica y unos pantalones que parecían de chándal, como si fuera en ropa de andar por casa. En general, mostraba un aspecto un tanto desaliñado.

Aparté la mirada en cuanto se volvió de nuevo hacia el grupo porque le tocaba intervenir. La psicóloga se dirigió al chico como Liam, y dijo algo más que no llegué a captar, probablemente un segundo nombre o su apellido. El chico se recolocó en la silla y posó los ojos en cada uno de nosotros mientras hablaba.

—Bueno, la verdad es que no hay novedades. La semana que viene os contaré más. —Su voz sonó monótona, como si se estuviera aburriendo y solo pensara en salir de allí.

Después se cruzó de brazos, como si eso fuera lo único que iba a aportar a la sesión de hoy. Sabrina puso buena cara y, sin presionarlo, le preguntó si podría hablar de cómo se había sentido durante los días que habían pasado desde la sesión anterior. Para mí la reunión de hoy era la primera, así que no tenía ni idea de a qué se refería.

El tal Liam evadió la pregunta de una forma muy elegante, repitiendo lo que había dicho hacía unos instantes, así que el turno pasó al siguiente. Nunca me había considerado cotilla, pero lo que sus palabras ocultaban hizo que quisiera saber más sobre él. Después, recordé que yo misma suscitaba aquella sensación entre algunas personas, de manera que me sentí mal por pensar así. No quería ser una hipócrita, pero a veces mi cerebro se adelantaba y actuaba por sí mismo.

No fui consciente hasta entonces de que no había despegado los ojos de él desde que había comenzado a hablar, y cuando me pilló mirándolo, levantó la ceja, esperando a que hiciera algo. Normalmente habría apartado la cara al instante, pero la mantuve en su dirección unos segundos y disimulé, haciendo como que estaba fijándome en varias personas y no solo en él. La chica que se había sentado a mi lado me sirvió de excusa para desviar mi atención cuando se levantó arrastrando la silla. Tenía el pelo rubio y lacio, con las puntas de color castaño claro. Se disculpó con Sabrina, justificando que tenía que marcharse antes por ciertos motivos familiares que parecía haberle contado antes. Sabrina asintió y le dedicó una sonrisa sincera.

Cuando la chica se marchó, la psicóloga se puso de pie. Como todos a mi alrededor la imitaron, me apresuré a hacer lo mismo. Dimos un par de pasos al frente, formando un círculo, ahora sí, casi perfecto. Sabrina nos miró a todos, uno por uno, antes de hablar, con los ojos muy abiertos y sosteniendo unas hojas con ambas manos pegadas al pecho.

—Muy bien —comenzó, asintiendo con lentitud—. Hoy os he preparado una pequeña actividad que creo que os puede ayudar para ir avanzando, a cada uno de vosotros, en vuestras metas personales. Voy a repartir unos folios en blanco —dijo, mientras echaba a andar para darnos una hoja por persona—. No os preocupéis porque nadie más va a leerlo, os lo quedaréis vosotros, así que podéis escribir lo que queráis.

Dos chicas murmuraron entre ellas, y volvieron a guardar silencio cuando Sabrina continuó hablando.

—Os voy a pedir que os repartáis por la sala; cada uno que se coloque donde quiera. Quiero que individualmente anotéis algo, lo que sea, que queráis hacer desde hace tiempo y no hayáis conseguido hasta ahora. —Hizo una pausa. Aquella mujer tenía una voz muy dulce—. No tiene que ser algo importante, puede ser un pequeño acto, como entablar una conversación con una persona con la que queremos mejorar nuestra relación... No quiero poner ejemplos porque me gustaría que cada uno de vosotros pensara en algo personal —añadió, terminando de repartir las hojas.

Volvió al sitio en el que se encontraba antes. Miré de reojo a la persona que estaba a mi izquierda, que movía el folio entre los dedos haciendo un ruido extraño. Después me fijé en Liam. Escuchaba atentamente las instrucciones de la psicóloga, lo cual me sorprendió, vista su actitud durante el resto de la sesión.

—En la mesa que hay en esa esquina tenéis bolígrafos y lápices —continuó diciendo Sabrina—, por si acaso no os los habéis traído de casa, de modo que empezad cuando queráis. Cuando terminéis, podéis marcharos. La idea es que escribáis algo a lo que os gustaría enfrentaros especificando por qué, llevároslo a casa, intentadlo, y lo compartiremos aquí la semana que viene. ¿Entendido?

Todos asintieron en silencio excepto un chico, que levantó la mano.

—Dime, Víctor —dijo Sabrina.

—¿Cómo de difícil tiene que ser el reto? —preguntó el chico con un marcado acento hispano.

Ella le sonrió.

—No es una cuestión de dificultad, sino de si te encuentras preparado para hacerlo —le respondió ella con voz amable—.

Por eso os he dicho que vosotros elegís lo que queráis hacer, que puede ser cualquier cosa, ya que, como hemos hablado muchas veces, lo que para alguien puede resultar una tontería para otros puede ser muy difícil de llevar a cabo, o de comprender... De manera que tenéis total libertad, también para compartirlo o no el próximo día. Aunque os animo a que lo hagáis, para ponerlo todos en común y así escuchar al resto y observar los progresos de cada uno de vosotros. ¿De acuerdo?

Víctor asintió y se sentó en el mismo lugar que había ocupado los cuarenta y cinco minutos anteriores. Sacó un bolígrafo de su bandolera y se puso a escribir en el folio doblado por la mitad. Parecía que tenía muy claro lo que quería hacer.

El resto hizo algo parecido, y casi todos se mantuvieron en sus sitios. Muy pocos se dispersaron por la sala. Yo me acerqué hasta el lugar donde Sabrina había dejado los bolígrafos, y en esa misma mesa me apoyé para escribir mi propósito. Puse mi nombre en la parte superior derecha de la hoja, una costumbre que tenía desde secundaria, y coloqué el bolígrafo en posición de escritura... aunque sin saber qué poner.

¿Qué era lo que realmente quería? ¿Qué podía hacer para conseguirlo? La relación con mis padres era un poco distante desde la desaparición de Aria y, sobre todo, desde la mudanza. Fijé la vista en los dibujos de las vetas de la madera de la mesa mientras pensaba en algo. Al cabo de un minuto, se me ocurrió una idea, así que la anoté deprisa, sin prestar atención a si hacía o no buena letra.

A unos metros de donde me encontraba, Víctor se levantó de su silla, que chirrió al rozar contra el suelo. Recogió su bandolera y se la colgó en el hombro derecho con un gesto grácil. Se despidió de todos en voz alta y echó a andar hacia la puerta, guardando el folio doblado por la mitad en el bolsillo exterior. Fue el segundo en salir, después de una chica que apenas había hablado durante la sesión. Esperé a que varias personas también abandonaran la clase para hacerlo yo a continuación, hasta que Sabrina me llamó.

—Emily, ¿puedes venir un segundo?

Miré a mi alrededor para ver si la gente se había fijado en que se había dirigido a mí directamente, pero entre el ruido de las sillas y alguna leve conversación de fondo, nadie pareció percatarse.

—¿Sí? —pregunté, nerviosa por si había hecho algo mal mientras me acercaba a ella.

Quizá había intervenido muy poco para lo que se esperaba de mí el primer día, de manera que comencé disculpándome con ella por apenas haber dicho nada. Sin embargo, solo quería preguntarme si me había sentido cómoda en la sesión y si me vería en la siguiente, a lo cual respondí afirmativamente. Si estaba ahí, era porque realmente pensaba que me podía ayudar formar parte de algo. Lo que fuera. Mi madre me había insistido en que participar en un grupo de apoyo podía irme muy bien, así que no opuse resistencia cuando me apuntó a los pocos días de dejar atrás Sacramento e instalarnos en Crescent City.

Me despedí de ella hasta la siguiente reunión. En el fondo, me preocupaba que hubiera una próxima vez por el hecho de que tendría que contar mi verdadera historia en algún momento, pero decidí no pensar mucho en ello. Fui de las últimas en salir de la sala, y respiré con fuerza en cuanto puse un pie en el exterior. Noté la humedad del ambiente, algo a lo que todavía no me había acostumbrado desde que había llegado. El sol del norte de California seguía alto en el cielo, a pesar de que se acercaba la hora de cenar, y me alegré al notar su calor en el rostro. Era una sensación que me relajaba, así que me dejé llevar por ella, intentando vaciar mi mente de los pensamientos que me controlaban.

*Había una niña de ocho años frente a mí. A simple vista podía parecer una niña cualquiera, anónima; pero yo lo sabía todo de ella.*

*Sabía que tenía ocho años, cinco meses y veintisiete días de vida.*

*Sabía que el tono de sus ojos era exactamente el mismo que el de los míos.*

*Sabía que tenía una peca en el muslo derecho.*

*Sabía que hablaba en sueños y que dormía siempre con un canguro de peluche.*

*Sabía que no le gustaba el chocolate negro y que la volvía loca el blanco.*

*Sabía que su pelo era castaño oscuro, y que emitía brillos más claros bajo la luz del sol.*

*Sabía que le gustaba discutir tanto como a mí, y que muchas veces la llamaban por otro nombre.*

*El mío.*

*Pero también sabía que no nos importaba.*

*Desde que llegué a este mundo, unos minutos antes que mi hermana gemela, supe que mi vida sería especial. Bueno, quizá en ese momento todavía era demasiado pronto para saberlo, pero lo cierto fue que crecer a su lado se convirtió en una aventura que compartir cada día. Podíamos divertirnos con los mismos juegos que el resto de los niños y, además, teníamos uno diferente. Un juego que nosotras mismas habíamos creado: pensar que éramos la misma persona.*

*Aquello era algo que nos gustaba. Aria se ponía enfrente de mí y, actuando como si hubiera un espejo invisible entre nosotras, podía-*

*mos estar horas imitándonos la una a la otra. Si yo me rascaba la mejilla derecha, ella hacía lo mismo, aunque en la izquierda. Podría asegurar que, en esa época, pasamos más tiempo entreteniéndonos así que de ninguna otra manera. No jugábamos con muñecas ni videojuegos: lo que nos gustaba era actuar ante aquel espejo irreal, como si fuéramos la misma niña.*

*Hasta que dejamos de querer serlo.*

# 2

Me quedé mirando el aparcamiento de bicicletas nada más salir del hospital. Sentí que el corazón me daba un vuelco y comenzaba a latir con más fuerza que antes. Eché un vistazo a mi alrededor para asegurarme de que no me había vuelto loca y estaba teniendo una alucinación, pero enseguida me di cuenta de que mis ojos no se estaban equivocando: había pasado de verdad. El lugar en el que había dejado aparcada la bicicleta, una de las pocas pertenencias que había traído conmigo de Sacramento, estaba completamente vacío.

Me empezaron a sudar las manos. Intenté calmarme y recapitular mi trayecto desde casa hasta el hospital para mi sesión de terapia de grupo. Alguna vez me había pasado haber dejado la bicicleta en algún lugar diferente o nuevo y haber olvidado por completo su ubicación. Pero estaba segura de que ese no era el caso en aquella ocasión.

Rememoré cómo había llegado al hospital con calma, intentando no adelantarme a los acontecimientos. Recordaba haber aparcado ahí y esperado con el móvil en la mano durante un rato, haciendo tiempo porque llegaba casi con quince minutos de antelación. Sí, estaba prácticamente segura de que eso era lo que había ocurrido hacía apenas una hora.

Tenía en mente la imagen del aparcamiento de bicicletas la primera vez que había estado aquí, cuando fui con mi madre a apuntarme a las sesiones de la doctora Sabrina. Era la primera vez que iba al hospital, y me fijé en ese lugar en concreto. Como cualquier otra persona que tuviera bici, siempre buscaba con la mirada un lugar para aparcarla, aunque no la estuviera utilizando en ese momento. Siempre lo hacía. Por eso no me podía creer lo que me estaba ocurriendo en aquel momento. Estaba completamente convencida de haber dejado mi bicicleta negra, con el pesado candado a juego, justo en ese lugar. Pero ya no estaba.

Me mordí el labio, intentando contener la furia. No solo me sentía impotente por que hubiera desaparecido en el rato que había estado dentro, sino porque le tenía mucho cariño. Y aquel candado era prácticamente imposible de romper.

Ni siquiera me acerqué al aparcamiento, sino que lo observé desde lejos. No quería hacer el ridículo, sobre todo delante de mis nuevos compañeros. Si hubiera sido por cualquier otra cosa me habría dado igual, pero la bicicleta era mi bien más preciado, era como una parte de mí.

Sentí los latidos de mi corazón en las sienes, y noté que la cara se me ponía cada vez más roja de rabia, aunque no me viera reflejada en ninguna parte. No podía creer que algo así me hubiera pasado a los pocos días de estar aquí. Saqué el móvil del bolsillo pequeño de la mochila y busqué el contacto de mi madre en la agenda. No me llevó mucho tiempo, porque la tenía configurada para que saliera la primera. No me gustaba llamarla directamente sin escribirle antes y avisarla de que su teléfono iba a sonar y que era yo, para que no se asustara, pero en aquel momento no se me ocurrió pensar en eso. Al segundo tono contestó al teléfono.

Aquella era una de las pocas ventajas que tenía la situación en la que nos encontrábamos. Sabía que siempre, pasara lo que pasara, mi madre respondería al instante si la llamaba, que no tardaría más de cinco segundos en oír su voz en cuanto pulsara su nombre en mi móvil. Era la consecuencia de vivir esperando una noticia que nunca llegaba.

En ese mismo momento me arrepentí de haberla molestado para algo así. Sabía que no me echaría la bronca, pero no le haría mucha gracia mi situación. Le conté lo que había pasado y, tal y como yo pensé hacer en un primer momento, me dijo que diera una vuelta por los alrededores del hospital, por si acaso la había dejado en otro sitio. No tenía dudas de haberla aparcado ahí, pero le hice caso mientras buscábamos alguna manera de resolver mi situación.

No conocíamos lo suficiente la ciudad como para saber si había un mercado negro de bicicletas robadas o si aquel lugar era conocido por su vandalismo, así que podría haber desaparecido por cualquier motivo. Un robo, una broma pesada... Cuando estaba a punto de echar a andar hacia casa, abatida, mi madre se ofreció a venir a buscarme en coche y a llevarme a la comisaría de policía para poner una denuncia. Le agradecí su ayuda y la esperé sentada en los escalones del hospital. No tardó más de cinco minutos en aparecer: Crescent City era una ciudad pequeña y, además, había poco tráfico en general, sobre todo a aquellas horas. Las calles estaban prácticamente vacías.

Me levanté en cuanto vi aparecer por la calle su coche. Era el vehículo en el que habíamos hecho viajes familiares los cuatro y lo pasábamos tan bien que acababa con dolor de tripa de tanto reírme, donde la única pelea que teníamos era por ver a quién le tocaba elegir la música que poníamos en la radio. Ahora nos lo habíamos quedado mi madre y yo. Mi padre no se había opuesto a que nos lo lleváramos, ya que él se había quedado en Sacramento con la casa, de manera que ahora era propiedad de mi madre.

Abrí la puerta del lado del copiloto y me senté, y le expliqué de nuevo lo sucedido. Mi madre no estaba enfadada, pero sí se mostró igual de confusa que yo ante aquella situación. Crescent City era una ciudad aparentemente tranquila, y sus habitantes, los pocos que habíamos conocido, parecían bastante amigables. No tenía pinta de ser el típico sitio en el que te robaban algo, y mucho menos a plena luz del día y en la puerta del hospital.

Se hizo el silencio a los pocos segundos y aproveché el corto trayecto para mirar distraídamente por la ventanilla. Me coloqué en un ángulo desde el que mi madre no pudiera verme la cara. No quería que me viera triste, o melancólica. Seguramente se lo contagiaría. Y eso era algo que tuve muy claro desde el primer momento: por muy mal que me encontrara, no quería darle a mi madre otro motivo más por el que preocuparse.

Las casas de Crescent City pasaban a mi lado con lentitud mientras mi madre conducía de camino a casa. Paró en un semáforo y di un respingo cuando habló inesperadamente:

—He pensado que no vamos a ir a la comisaría —dijo, sin dar ningún motivo.

La voz de mi madre contenía un tono de preocupación que me sacó de mis pensamientos en un segundo.

En ese momento, el semáforo que nos impedía el paso cambió al verde y ella aceleró, girando en la siguiente calle a la derecha.

—¿Por qué? —quise saber. Desconocía la razón de su cambio de opinión y me puse nerviosa.

En realidad no tenía muchas expectativas de recuperar la bicicleta, pero por lo menos quería hacer todo lo posible para tener la conciencia tranquila por haberlo intentado.

—Porque he pensado que no... no sería bueno que nos vieran mucho por allí. Ya sabes...

Y con esas dos últimas palabras resumió todo lo que había pasado desde el uno de septiembre del año anterior.

Uno de septiembre. Cada vez que recordaba esa fecha mi cuerpo se encogía. Para cualquier persona de mi edad, aquel día tendría que haber sido uno cualquiera. Algunos probablemente apuraron sus últimos días de vacaciones de verano, mientras que otros empezaron las clases. Quizá nerviosos y emocionados, o todo lo contrario. Fuera como fuese, con toda probabilidad no recordarían después aquel día, ni lo marcarían en el calendario como algo especial.

En mi caso, ocurrió algo que jamás hubiera imaginado que podría pasarme a mí.

El primer día de aquel mes me cambió la vida en cuestión de horas. Pasé de tener una vida perfecta con mi familia en Sacramento a perder todo lo que quería. Me acordaba de muchas cosas de ese momento, a pesar de que, en el fondo, la mayor parte de los recuerdos que conservaba en mi mente eran borrosos. Pensé que era a causa de la gran cantidad de información que se nos vino encima. Mi doctora dijo que era estrés postraumático.

Veía a mi padre pegado al teléfono. A mi madre abriendo la puerta a la policía. La búsqueda de pruebas, las preguntas incómodas. La prensa. La televisión. Las miradas por la calle, los gritos de pánico y las lágrimas de incomprensión. Pero, sobre todo, recuerdo perfectamente las palabras que aquella mujer uniformada nos dijo a mis padres y a mí en la mesa de la cocina de mi antigua casa: «Hemos activado el protocolo de búsqueda urgente de menores hace unas horas. Pero, antes que nada, necesitamos más información. En estos momentos contamos con dos opciones: que alguien haya secuestrado a Aria... o que ella se haya marchado voluntariamente».

Pensé que mi mente olvidaría aquellas frases. Sin embargo, se encargó de grabarlas a fuego en cada esquina de mi memoria para que las pudiera repetir como si las hubiera repasado todos los días de mi vida desde que nací. Ya había transcurrido casi un año desde entonces, pero en mi mente todavía veía a la policía entrar en casa, apagar la televisión, cerrar las cortinas y pedirnos que nos sentáramos con ellos a la mesa de la cocina.

Y desde entonces todo permanecía nublado en mi mente. Guardaba un cúmulo de recuerdos sin orden cronológico, pequeñas sensaciones que jamás olvidaría:

Los sonidos de las cámaras de la prensa tomando fotos en la puerta de mi casa.

El teléfono fijo sonando muchas veces al día, a menudo demasiadas para contarlas.

La imposibilidad de salir de casa, ni siquiera para comprar en el supermercado.

La ansiedad. Las discusiones. El divorcio. La mudanza.

Pero, sobre todo, mi reflejo.

Mi pelo castaño oscuro y mis ojos verdes ya no me correspondían. Me sentía como si me hubieran robado la identidad. Ni las cejas finas ni los labios carnosos de color rosado. Cada vez que alguien me veía, o que yo misma me miraba al espejo, no veía a Emily Jones... sino a mi hermana gemela desaparecida.

—No me digas que te vas a hacer un piercing de verdad.

Aria daba vueltas por nuestra habitación como loca, buscando algo que parecía no encontrar ni debajo de la cama. Mientras tanto, yo no podía creer que fuera a enfrentarse a ello, y no solo por el pánico que mi hermana tenía a las agujas.

—¡Aria! —grité su nombre para que me hiciera caso.

—¿Qué? —respondió ella, alzando la voz, ligeramente molesta.

Probablemente mi presencia la fastidiaba más que el tema de conversación que había vuelto a sacar.

—Que si de verdad estás segura de lo que vas a hacer. Sabes que a mamá no le va a gustar en absoluto —insistí, aprovechando que había dejado de rebuscar por todo el cuarto para mirarme un segundo a los ojos.

Sin embargo, me observó con cara de desesperación y siguió con su búsqueda, poniendo los ojos en blanco mientras me daba la espalda.

—¿Sabes que con quince años no...? —continué, pero me cortó enseguida.

—¡Emily, en serio, déjalo ya! —me gritó Aria.

Normalmente utilizaba un tono poco amable conmigo, que había empeorado en los últimos meses, pero en esta ocasión levantó tanto la voz que esperé oír los pasos de mi padre por el pasillo hasta nuestra habitación para pedirnos que nos relajáramos y que no discutiésemos entre nosotras. Aunque, para mi extrañeza, no ocurrió nada.

*—¿Por qué no me dejas tranquila? Solo he quedado con unos amigos, y sí, uno de ellos tiene una novia que trabaja en la tienda de tatuajes, así que me lo va a hacer gratis. ¿Cuál es el problema? —dijo, empezando a desesperarse.*

*—¡Que es ilegal! —respondí.*

*Fue lo primero que se me pasó por la cabeza. No estaba totalmente segura de ello, pero era la única carta que podía jugar para evitar que mi gemela se hiciera un* piercing*. Personalmente, me era indiferente, como si se hacía treinta. Sin embargo, sabía que eso enfurecería a nuestros padres y que, indirectamente, repercutiría en mí.*

*—Mira —respondió ella, dándose por vencida en la búsqueda y volviéndose para mirarme a los ojos—. ¿Por qué no me dejas vivir mi vida? Si a ti no te gustan los* piercings*, lo tienes muy fácil: no te los hagas. Pero deja a los demás que hagamos lo que queramos.*

*En el fondo, sabía que tenía razón. Por eso no se me ocurrió qué responder en ese momento, aunque tampoco tuve tiempo para pensar algo ingenioso, porque Aria salió disparada por la puerta de la habitación y me dejó plantada frente al espejo que compartíamos. Mis ojos me devolvieron la mirada y me pregunté cómo era posible que, siendo tan parecidas por fuera, por dentro fuéramos completamente opuestas.*

*Quería mucho a mi hermana gemela, de eso no había duda, a pesar de que casi siempre estábamos discutiendo por cualquier tontería. Aunque, como decía a veces mi madre, «eran cosas de hermanas», Aria me sacaba de mis casillas cuando se ponía rebelde y no había manera de hacer que entrara en razón.*

*Sin embargo, lo que no sabía era cuánto echaría de menos poder volver a estar con ella, aunque fuera en nuestros peores momentos.*

# 3

Salí de casa veinte minutos antes de la hora a la que acostumbraba hacerlo. Ahora que no tenía bici, no me quedaba otra opción. Me puse solo un auricular para escuchar música, porque no me gustaba perder la noción de lo que ocurría a mi alrededor, y eché a andar calle abajo. Todavía era pronto, pero Crescent City era una ciudad madrugadora.

Sin prisa, anduve por el lado derecho de la carretera, pensando en Sacramento. Mi antiguo hogar era muy diferente a este. Aquí, parecía que estuviéramos en un pequeño pueblo en mitad del campo. El sol pegaba con fuerza y, además, había mucha humedad, ya que estábamos cerca del océano. Las casas no tenían más de dos pisos de altura y todas se parecían mucho entre ellas: eran grandes, alargadas y la mayoría de color blanco. Apenas había coches por las calles, y se veían más señales de tráfico que semáforos, porque estos casi no hacían falta. En Sacramento las cosas eran distintas: atascos, contaminación y la sensación continua de vivir demasiado estresada aunque no tuviera motivos para ello. Allí todo iba demasiado rápido, mientras que en Crescent City la sensación era la de estar alejada del resto del mundo. Como si estuviera de vacaciones, aunque tuviera que ir a clase y seguir una rutina básica de todos modos.

Caminé por el césped para evitar una zona de asfalto en mal estado y me distraje mirando a mi alrededor. Puse el piloto automático mental para ir a clase y apreté el paso durante unos minutos hasta que una voz gritó mi nombre. Hasta entonces apenas había sido consciente de lo que pasaba a mi alrededor, por lo que di un bote cuando oí que una voz conocida me llamaba. Me quité el auricular y di un giro de ciento ochenta grados, aunque no vi a nadie en la calle detrás de mí. Entonces mis ojos captaron un movimiento y desvié la mirada hacia la entrada de una de las casas que había dejado a la izquierda hacía unos segundos. Distinguí a Lorenzo asomado a la ventana, agitando los brazos para llamar mi atención. Le sonreí, y él me hizo un gesto con las manos indicándome que lo esperase. No tardó ni diez segundos en aparecer por la puerta, con la mochila colgada de un hombro y el pelo engominado perfectamente repeinado hacia atrás.

Lorenzo miró a ambos lados de la calle y vino trotando hacia mí.

—¡No sabía que pasabas por aquí para ir a clase! —exclamó mientras chocábamos las palmas.

Tomé aire, pensando en si contarle o no la historia de mi bicicleta. El segundo que tardé en responderle fue suficiente para que me pillase.

—¿Qué? —preguntó él, curioso—. Vale, vale, no me lo cuentes, ehhh... —Retomamos el camino hacia el instituto y él hizo como que se estaba concentrando, sobreactuando—. Vamos a ver, voy a adivinar lo que te pasa... ¡Ah sí, ya lo tengo! En las dos semanas que llevas aquí te has enamorado de un chico que espero que no sea MI *crush*. —Subió el tono al tiempo que me daba un codazo amistoso—. Y hoy has decidido pasar por aquí para cruzártelo por... ¡No me digas que vive en la calle de los ricos!

Abrí la boca para responderle y decirle que se callase, pero era demasiado tarde. Lorenzo se montó una película en un minuto de que me gustaba un chico que vivía en la calle donde se ven los únicos cochazos que hay en este lugar y que ahora había cambiado mi ruta habitual para encontrarme con él todas las mañanas.

—Pero la jugada te ha salido mal y has terminado cruzándote conmigo, el típico mejor amigo gay de todas las novelas adolescentes que nunca será el protagonista.

Me río porque tiene razón, y pongo los ojos en blanco mientras sigo caminando a su lado.

En las dos semanas que llevaba en este nuevo instituto, Lorenzo se había convertido en mi persona favorita. Desde que nos conocimos, el día que entré temerosa en mi primera clase de Historia y me senté a su lado, nos habíamos vuelto inseparables. Lorenzo llevaba toda su vida viviendo en Crescent City con sus padres, las únicas personas con las que hablaba español. Yo le insistía para que me enseñara a decir unas cuantas frases, pero siempre se escaqueaba.

Tenía el pelo negro y muy rizado, y normalmente le caía por la frente, moviéndose de una forma muy graciosa cuando caminaba. Pero, sobre todo, si algo caracterizaba a mi amigo era su energía desbordante, que personalmente envidiaba, sobre todo en esas primeras horas del día. Yo todavía seguía medio dormida, pero él ya estaba dispuesto a comerse el mundo a las ocho de la mañana.

—Bueno, entonces confiesas que es verdad —insistió, siguiendo en sus trece.

—Sí, lo admito todo —respondí, todavía riéndome—. Aunque también es probable que me hayan robado la bicicleta y por eso haya tenido que cambiar de medio de transporte.

Él me miró y soltó una carcajada. Por eso Lorenzo era lo mejor que me había pasado desde que llegué aquí: en poco más de una semana habíamos conectado, y cuando estaba con él era como si fuéramos amigos desde los seis años. Parecía que nos conocíamos de toda la vida, y eso me daba una seguridad muy importante.

Cuando tu vida da un vuelco y solo tienes diecisiete años, cambiar de colegio puede resultar algo terrible. Sin embargo, haberme cruzado con él me había salvado de muchos nervios y ansiedad generalizada, ya que siempre estaba ahí para acompañarme a las clases, evitar que me perdiera por los pasillos y arrancarme una sonrisa cuando lo necesitaba, aunque ni yo misma lo supiera.

—Vale, eso sí que ya no cuadra en tu historia, lo siento mucho... —replicó Lorenzo, refiriéndose al robo de mi bicicleta que acababa de confesarle—. Vas a tener que elaborarla un poco más.

Moví la cabeza de lado a lado y me puse seria, intentando que entendiera que lo que le había dicho era verdad. Tuvo que pensarlo un par de veces antes de creérselo.

—¡No puede ser! ¡Deja de quedarte conmigo! —insistió.

—Va en serio, ¡de verdad! ¿Crees que bromearía con algo así?

Lorenzo sopesó la idea.

—Pues... no lo sé. A ver, todo es posible, pero... ¿en Crescent City? ¿Robarte la bicicleta? Joder, que esto no es el Bronx.

Antes de cruzar la calle miré a ambos lados, esperé a que pasase una camioneta de color negro y seguimos andando. Ya estábamos cerca del instituto. De hecho, el edificio principal se veía unos metros más allá.

—Sí, tal y como lo oyes —reconocí, encogiéndome de hombros.

En ese instante me di cuenta de que había cometido un error. La siguiente pregunta que me haría Lorenzo estaba clara: dónde me la habían robado. Si lo hacía, tendría que contar lo del grupo de apoyo. En realidad, no era algo de lo que me avergonzara, pero de momento prefería guardarlo para mí. Era consciente de que aquel lugar no era muy grande, y al final acabaría encontrándome con los asistentes del hospital por la calle... Aun así, no creía que fuera el momento de sacar ese tema a la luz todavía.

Me puse nerviosa, intentando idear en pocos segundos una excusa. Agarré las correas de la mochila para evitar que me empezaran a sudar las manos, y recé para que no se diera cuenta. Por mi mente pasaron varias opciones, como si hubiera comenzado una carrera a contrarreloj para salir de aquella situación: hablar de otra cosa o decir la verdad. Así que, antes de que saltara con la pregunta, decidí cambiar de tema.

—¿Qué tal vais con los preparativos? ¿Alguna novedad?

Lorenzo no fue consciente de mi sutil cambio de tema y me empezó a hablar de la fiesta de comienzo de curso que estaban organizando. Me alegré de que mi táctica hubiera funcionado, y relajé los músculos al ver que comenzaba a hablar sin parar de ello.

Junto con un grupo de chicos y chicas de su curso, Lorenzo se encargaba de organizar la fiesta de bienvenida al último año de clases. El primer día me contó que desde el principio había formado parte de la delegación de estudiantes del instituto, así que esa no era la única ocasión en que le había tocado hacer algo así. Y a pesar de que le quitaba mucho tiempo, a veces incluso de estudiar para los exámenes finales, le encantaba.

Giramos a la derecha, y nos encontramos de frente con el edificio principal, donde estaban las aulas. Como Crescent City no era muy grande, en cada grupo no éramos más de treinta personas por asignatura, como máximo. De hecho, había algunas clases en las que no eran más que cinco alumnos, como le ocurría a Lorenzo con su materia favorita: Teatro.

Cruzamos el último paso de cebra de nuestro recorrido y nos dirigimos directamente a la entrada. Desde fuera, el edificio no parecía un instituto, de no ser por la cantidad de gente joven que se arremolinaba en la puerta a esas horas.

Como llegábamos con tiempo, caminamos despacio, aprovechando los últimos momentos al aire libre antes de encerrarnos ahí durante seis horas. De camino a la entrada, Lorenzo se encontró con una parte del grupo de delegados y fue a hablar con ellos.

—Deberías unirte a nosotros —insistió una vez más, justo antes de separarnos para entrar en el edificio.

Me encogí de hombros, sin saber muy bien qué responder. No era la primera vez que me lo proponía, pero no quería meterme en demasiadas cosas. Aquel era el último año de instituto antes de ir a la universidad, y aunque todavía no había decidido si iría o no a alguna, lo que sí que tenía claro era que tenía que aprobar todas las asignaturas para salir de allí cuanto antes.

El timbre de aviso de inicio de las clases sonó, y Lorenzo miró automáticamente la hora en su reloj analógico. Me dijo adiós con la mano y se marchó en dirección a sus amigos, que lo esperaban en la puerta de la clase. En varias asignaturas estábamos en aulas diferentes, así que observé como se marchaba, dejándome junto a la puerta de la mía. Sus amigos me saludaron con la mano. Les respondí del mismo modo. No sabía si simplemente eran amables conmigo porque formaba parte de su trabajo como delegados del instituto o si lo hacían de verdad. O si lo hacían porque conocían mi caso por todo lo que se había explicado en la televisión. Fuera como fuese, agradecí su amabilidad, a pesar de haber hablado muy pocas veces en las dos semanas que llevábamos en el instituto.

Entré en el aula donde tenía clase todos los lunes, martes y jueves a primera hora, y caminé directa hacia mi pupitre. Dejé mis cosas e hice un viaje rápido al baño antes de que llegara la profesora. Por los pasillos, intenté no fijarme mucho en mi alrededor. Sin embargo, aunque no lo quisiera, siempre me pasaba lo mismo.

Cuchicheos, miradas y codazos. La reacción habitual de la gente cuando me veía por primera vez. Llevaba dos semanas asistiendo a clase en el instituto de Crescent City, pero mucha gente todavía no me había visto en persona. Seguí hacia delante sin prestarles atención. Desgraciadamente, aquello era algo a lo que me había acostumbrado.

Cuando Aria desapareció, mi vida no solo cambió porque ella se había ido. Tuve que pasar, y aún seguía pasando, por algo más que el resto de mis familiares: el hecho de que yo fuera una copia casi exacta de mi hermana era un infierno con el que tenía que convivir todos los días. La cara de Aria había salido en todos los telediarios de California, y de Estados Unidos, por lo que casi todo el mundo conocía sus rasgos... y los míos.

«¿Es la desaparecida o la otra?»

«Seguro que va empastillada para poder sobrellevar lo de su hermana...»

«¿Llamamos a la policía? ¡Es ella! ¡Ha aparecido!»

«¿Has visto qué cara tiene? Pobrecita, con lo joven que es...»

«¿Por qué ha salido a la calle?»

«¡Mira, es ella!»

«Madre mía, es igual que la chica de la foto, por lo menos podría maquillarse de otra manera para que la gente no la confundiera con la desaparecida...»

Todas esas frases las había oído en la vida real, y doce meses después seguía escuchándolas. Según el día, me las tomaba de una manera u otra. A veces las ignoraba. De hecho, era lo que hacía casi siempre, porque luchar contra ello era una causa perdida. Lanzar miradas de odio y ver cómo apartaban la vista de mí en cuestión de segundos podía parecer gratificante, pero, en el fondo, no servía de nada. Yo no era la chica del cartel. Yo era Emily Jones.

Sin embargo, por mucho que me lo repitiera, mirarme al espejo me dolía tanto como recordar el día de la desaparición de mi hermana gemela.

*Alguien llamó tres veces a la puerta antes de entrar.*

*—Pasa.*

*Esperaba que fuera mi madre, pero me sorprendió ver la cara de mi hermana.*

*—Hola —dijo, sin más.*

*La actitud de Aria me mosqueó. En muy contadas ocasiones había llamado a la puerta, normalmente entraba sin avisar, pidiendo algo o preguntando algo que para ella era urgente. Mi habitación también era la suya, ya que la compartíamos desde que nacimos. No había ningún otro cuarto en la casa donde poner una cama, de ahí que estuviésemos siempre juntas. Pero no nos importaba demasiado. A pesar de nuestras típicas discusiones de hermanas, teníamos una relación muy estable.*

*—¿Todo bien? —le pregunté.*

*Ella asintió con la cabeza y se sentó en su cama, enfrente de mí.*

*—Oye... tengo una fiesta esta noche y lo he dejado todo para el último momento... ¿No tendrás algo que prestarme?*

*Mi hermana era una persona a la que le gustaban las fiestas mucho más que a mí. Donde yo no me sentía tan cómoda, ella parecía que había nacido para eso. Conocía todos los tipos de mezclas que se podían hacer con vodka o con ron, sabía poner las canciones que animaban a todo el mundo en las fiestas y se llevaba bien con la gente, aunque la acabara de conocer. Casi siempre coincidía con ella en las fiestas del instituto, porque estábamos en la misma clase y conocía-*

*mos a las mismas personas. No obstante, yo solía quedarme atrás en cuanto ella comenzaba a ser el centro de atención. Prefería sentarme con nuestros amigos, hablando o jugando a «yo nunca nunca», mientras ella bailaba encima de las mesas. La verdad es que lo hacía tan bien que siempre me preguntaba cómo habría aprendido a moverse así, mientras que yo tenía que mirar al frente para no caerme cada vez que daba tres pasos seguidos por la calle.*

*Sin embargo, aquella noche no me habían invitado a la fiesta a la que ella iba a ir. Y, sinceramente, tampoco me importaba. Aria tenía dos grupos de amigos. El principal era el que compartíamos, en el que estábamos las dos, el de la gente de clase. Siempre íbamos juntos a todas partes, y me gustaba tener a mi gemela entre ellos porque era una parte muy importante de mi vida. Además, todas aquellas personas tenían, como nosotras, un estatus social bastante alto, de manera que íbamos a los sitios más pijos de la ciudad, donde todo brillaba y parecía de oro. Por otro lado, a veces quedaba con un grupo de amigos que tenía fuera del instituto. Había conocido a Rachel, su mejor amiga, cuando trabajaron juntas en verano en el centro comercial que había al lado de nuestra casa, y desde entonces la habían aceptado en su grupo como una más. Cuando quedaba con ellos, la fiesta se les iba un poco de las manos, y muchas veces me había tocado colar a Aria por la ventana de nuestra habitación para que no la pillaran nuestros padres llegando a casa tan borracha.*

*Antes de que pudiera contestarle, preguntándole qué quería exactamente que le prestara, ella ya había abierto el armario y estaba rebuscando en la mitad izquierda, donde guardaba mis cosas. Me sorprendía que se interesara por mi ropa cuando vestíamos de forma tan diferente. Ella solía ir de gris y, sobre todo, negro, con tachuelas y pinchos. Se alisaba el pelo y se pintaba los ojos con una raya enorme. Los labios, casi siempre los llevaba rojos. Por otra parte, yo prefería los colores, los estampados originales y diferentes. Por eso me pareció rara su actitud, pero me alegré de que quisiera cambiar de aires para ir a una fiesta.*

*—¿Puedo coger esto?*

*Sacó del armario unos pantalones verde claro con margaritas blancas y amarillas.*

*—Sí, por supuesto, pero deberías conjuntarlo con una camiseta lisa —le aconsejé. Era uno de mis pantalones más llamativos, y también de mis favoritos. Me los ponía varias veces al año, pero la fecha clave era el día que empezaba la primavera.*

*—En realidad, estaba pensando en ponerme algo que destacara, no sé... —Aria ignoró mi consejo y siguió a su bola, como siempre, así que dejé de prestarle atención y seguí leyendo* Death Note *mientras ella sacaba y metía cosas en los cajones.*

*—¡Gracias! —gritó mientras salía corriendo de la habitación.*

*—¡Espera! —intenté hacer que se detuviera, pero fue demasiado tarde—. ¿Adónde vas? ¿No te los llevas puestos?*

*La puerta de casa abriéndose y cerrándose respondió a mi pregunta. Me encogí de hombros, extrañada por el comportamiento tan raro de Aria, y volví a concentrarme en la lectura.*

*No sabía cuánto tiempo había pasado cuando terminé el penúltimo capítulo y decidí descansar de la historia, a pesar de que estaba muy emocionante. Puede que llevara casi una hora leyendo. Tanta información me estaba agotando mentalmente, así que puse un punto de libro cogido al azar en la página donde me había quedado y lo cerré.*

*Cogí el móvil y me metí en Instagram para ver qué novedades había. Vi que Vilma había subido una foto que nos habíamos hecho el día anterior Aria, Harry, ella y yo en una cafetería, y le di a «me gusta» enseguida.*

*Seguí bajando por el* feed *cuando, de pronto, reconocí los pantalones que le acababa de dejar a mi hermana en una foto. La había subido hacía apenas unos minutos y ya tenía casi cien «me gusta». En la imagen, salía Aria llevando mis pantalones de flores y una camiseta de leopardo. ¿Cómo se había atrevido a mezclar algo así?*

*Y entonces descubrí la respuesta a mi propia pregunta en el texto que acompañaba a la foto. Mi hermana no se había puesto esa ropa por innovar, o por estrenar algo en una fiesta. Era una fiesta de disfraces y, a modo de burla, se había disfrazado de mí.*

*Sentí cómo se me calentaban las mejillas de la furia y me cabreé con ella, entendiendo ahora por qué tanto secretismo cuando había entrado y salido de la habitación con mi ropa. Me enfadé todavía más cuando me imaginé a Aria en mitad de la fiesta, haciéndose esa foto para subirla y que todo el mundo la viera. Entre más de cien personas, yo.*

*No me importaba que la gente se burlara de mi forma de vestir; a mí me encantaba. Simplemente, no esperaba algo así por parte de mi hermana. Aunque, pensándolo bien, tampoco me sorprendía tanto. A veces, cuando nos enfadábamos, hacía o decía cosas realmente ofensivas, y luego siempre volvía para disculparse... Lo cierto es que no me había enfadado, solo me había sentado mal que fuera precisamente ella quien se burlara así de mí.*

*Sacudí la cabeza, como si aquello fuese a eliminar la imagen de mi mente. Bloqueé el móvil y me acerqué a la ventana. Aquella noche no iba a volver a salvarla. Bajé la persiana para evitar que entrara por ahí cuando volviera a las tantas de la madrugada. Donde las dan, las toman, pensé. Me metí en la cama, quitando primero toda la ropa que había encima para ponerla en la silla del escritorio. Me hice una bolita bajo las sábanas.*

*Por un momento, sentí ganas de llorar por lo que me había hecho Aria. Probablemente, mientras yo estaba ahí tumbada, ella estaría con Rachel y las demás riéndose de mi ropa. Pero no estaba triste por la actitud de mi hermana, no era la primera vez que se comportaba así conmigo, como si fuera un trapo viejo de usar y tirar. Más bien me sentía avergonzada.*

# 4

Las clases pasaron más rápido de lo que esperaba. Me dediqué a desmontar mi bolígrafo varias veces, a mirar por la ventana y a perder el tiempo con el móvil bajo la mesa. No me podía arriesgar a sacarlo en todas las clases, porque algunos profesores se enfadaban muchísimo si nos veían con ellos, pero otros o no se enteraban o hacían como que les daba igual. En los pocos días que llevaba en el nuevo instituto ya había detectado qué profesor era de cada tipo, así que me podía permitir utilizarlo cuando sabía que no me iban a decir nada.

No me interesaban las clases. Dos años atrás sí que habría prestado atención, sobre todo en las de ciencias, porque me encantaban la Química y la Biología. Sin embargo, ahora, mi único propósito era obtener el título que indicara que había terminado los estudios. Nada más. Ni siquiera me planteaba ir a la universidad, algo que hacía un tiempo tenía tan claro como que quería mudarme a Nueva Jersey cuando cumpliera los dieciocho años. En mi mente habían tomado forma un montón de ideas acerca de mi futuro, todas ellas antes de saber que, en cuestión de horas, mi vida cambiaría cuando mi hermana desapareció.

Pasé los treinta minutos del descanso hasta la próxima clase en la sala de los delegados. Me gustaba estar ahí, con ellos, porque me sentía parte de algo, aunque apenas conociera a la mitad de los que estaban allí. El primer día de clase conocí a

Lorenzo, porque era el encargado de enseñar el instituto a los nuevos alumnos, y conectamos tan bien que me presentó a todos sus amigos. Todos ellos formaban parte del comité de delegados. Aprovechaban cada minuto que tenían disponible para dedicarse a las tareas que les habían asignado, y se reunían en una estancia bastante amplia que estaba al lado de la secretaría, nada más entrar en el edificio.

Su lugar de reunión, que se utilizaba con esta finalidad desde hacía años, tenía un aspecto antiguo conferido por los muebles que había en su interior. Era una sala que anteriormente se había utilizado como almacén, de ahí la variopinta mezcla de muebles nuevos con viejos. Tenía forma de L y era bastante grande, cabrían más de treinta personas sin problemas, aunque habitualmente no se reunían más de once o doce. Su función no había cambiado mucho puesto que seguía siendo, en parte, un almacén de documentos, pero no se acumulaba el polvo en los anuarios de fotos de alumnos porque Cora los limpiaba casi a diario. Los trataba como si fueran una reliquia, y se ponía nerviosa cuando los otros delegados los cogían para cotillearlos, porque ponían los dedos en las páginas y, a veces, las arrugaban sin querer.

Se podría decir que Cora era la «jefa» de todos los delegados, la coordinadora, como la llamaban ellos. Al igual que Lorenzo, también me había ofrecido unirme al grupo en varias ocasiones, a lo que yo siempre respondí que no me importaría, aunque dudaba de si era lo que realmente quería o no. Si algo tenía claro era que me habían tratado como una más desde el primer momento, y que me sentía mucho más cómoda con ellos que con el resto de la gente que veía en mis clases o por los pasillos. Dejando de lado a los delegados, no había entablado conversación con ninguna otra persona, excepto con las estrictamente necesarias cuando, por ejemplo, nos ponían a trabajar en grupos de tres en alguna asignatura. Por lo demás, siempre pasaba el tiempo con ellos, y las mejores clases para mí eran aquellas en las que coincidía con algún delegado.

—¡Emily! —Cora saltó de emoción en cuanto me vio entrar en la sala.

—Hey —la saludé, cerrando la puerta detrás de mí.

Vino enseguida a darme un abrazo. Nunca había conocido a una persona tan entusiasta como ella, y no me sorprendió que fuera coordinadora, porque se llevaba bien con todo el mundo. Cuando estaba ella, era como si todo a mi alrededor se volviera más agradable. Cora me recordaba a las típicas escenas de las películas de Disney en las que la princesa se ponía a cantar y todos los animales acudían a su llamada. Su pelo era muy oscuro, al igual que sus ojos, y lo llevaba cortado al estilo *pixie*. La nuca le quedaba al aire, dándole un aspecto muy elegante que la hacía parecer mayor. Nunca llevaba maquillaje, o por lo menos yo nunca la había visto maquillada, y me fijé en que tenía la piel muy brillante.

—¿Qué tal el finde? —preguntó haciendo un gesto con la mano hacia una de las esquinas de la estancia.

Al fondo de la sala, sobre una mesa redonda donde solían reunirse para tratar temas importantes, había un montón de platitos llenos de cruasanes pequeños y otros dulces.

—¿Y eso? —pregunté, y me lancé a por uno de ellos.

Con la tontería de ir andando al instituto, había desayunado pronto, y estaba muerta de hambre.

—¡Es el cumpleaños de Laura!

Laura era otra chica hispana del instituto. Se había mudado hacía un par de meses a Crescent City por el mismo motivo que yo, aunque ella había venido desde España. Hablaba inglés bastante bien, pero siempre que estaba con Lorenzo cambiaban el chip y se ponían a charlar en español. Me encantaba escucharlos. Intercambiaban la información tan deprisa entre ellos que parecía que eran unos agentes secretos.

—Ah, pues no la he visto, luego la felicitaré —dije, llevándome otro trozo a la boca—. ¿Qué hacéis?

Ella se encogió de hombros y señaló una montaña de papeles que había sobre una silla.

—Tenemos que preparar las invitaciones para la fiesta, pero todavía no nos han confirmado que podamos hacerla en el lugar de siempre. —Cora se dio cuenta enseguida de que yo no sabía de qué sitio me estaba hablando, así que lo aclaró—. Es un local que antes ocupaba el Ayuntamiento, hasta que se trasladaron. Tiene dos plantas y lo alquilan para eventos importantes de la ciudad. Pero aquí nunca pasa nada relevante, así que nos lo suelen dejar sin problemas. Eso sí, solo para fiestas oficiales, claro. —Me guiñó el ojo y le devolví el gesto con una sonrisa, aunque no supe muy bien a qué se refería con eso de «oficiales».

Estiró el brazo para coger un minicruasán y se limpió las manos con una servilleta de papel que había al lado de la bandeja.

—Quiero decir que solo nos dejan el local para eventos especiales, como fiestas de principio de curso o de graduación, y cosas así... Para las otras fiestas solemos ir a casa de Lorenzo.

—¡Ah! Vale, genial —respondí, un poco asustada por la capacidad que tenía Cora de leer la mente de los demás.

En ese momento la puerta se abrió y entró un grupo de seis o siete personas, entre los que estaban Lorenzo y Laura. No hacía falta saber de quién era el cumpleaños, porque su atuendo lo dejaba bastante claro. La habían disfrazado con una capa roja con una cinta dorada en el borde inferior. En la cabeza llevaba una corona de plástico del mismo color, llena de piedras preciosas hechas con plástico.

Su cara irradiaba felicidad. Me recordó a los cumpleaños que celebrábamos en casa. Cuando era el mío también era el de mi hermana, claro, de manera que siempre hacíamos una celebración por todo lo alto. Era como el día más especial del año. Sin embargo, su desaparición le robó todo el protagonismo, haciendo que esa fecha perdiera toda la relevancia a favor de otra muy diferente.

—¡Felicidades! —chilló Cora, emocionadísima, y se lanzó a darle un abrazo a Laura, levantándola del suelo. La capa ondeó mientras Cora la estrujaba entre sus brazos y le repetía mil veces la felicitación.

Lorenzo me saludó con la cabeza y los ojos le brillaron al ver las bandejas, así que fue directo a zamparse unos minicruasanes.

Me acerqué a Laura para desearle un feliz cumpleaños. No había hablado nunca con ella, solo habíamos intercambiado un par de «hola» y «adiós» por los pasillos o en el aula de los delegados, y me alegré de tener una excusa para poder conocerla un poco mejor. Sabía que podría parecer un poco pelota por mi parte relacionarme con su grupo, porque eran los más queridos por los profesores y, en general, los que sacaban mejores notas del instituto. Pero, en el fondo, yo no había llegado ahí con la intención de hacer amigos para toda la vida, sino para terminar de una vez las clases, así que me había dejado llevar, lo cual me había arrastrado hasta aquí. Y, además, me sentía cómoda entre ellos, porque ninguno me juzgaba ni me hacía preguntas incómodas.

Me separé de ellos para dejarles espacio y me acerqué a la ventana para observar la calle desde allí. Normalmente, los alumnos se quedaban en clase durante la pausa, pero algunos salían a la puerta del instituto para disfrutar del sol de California. En pequeños grupos, aprovechaban el descanso para charlar, reunirse con los colegas con los que no compartían clase o para fumar un cigarrillo donde pensaban que los profesores no podían pillarlos. Reconocí las caras de algunos que iban conmigo a Historia, y que en este momento miraban algo en el móvil que parecía ser muy importante por las expresiones que ponían.

Entonces, algo llamó mi atención. Una persona se acercaba a toda prisa a la puerta del instituto en bicicleta. No me fijé en ella por su forma de vestir ni por los colores de su ropa, sino por cómo se movía. No se trataba de una bicicleta cualquiera, de eso estaba segura, sino que era una Canyon negra con la rueda trasera más gorda que la de delante. La reconocí en menos de un segundo.

Salí como una bala de la sala de los delegados y Lorenzo me miró con cara de pánico. Le hice un gesto que para mí significaba «ahora te lo cuento» pero que él probablemente no entendió, porque no había sido muy expresiva.

Me dirigí corriendo a la entrada del instituto, como si me fuera la vida en ello. No me consideraba una experta en bicicletas, pero me gustaba estar al día de los modelos que había en el mercado. Por eso decidí comprarme una de la marca Canyon, porque solo las vendían por internet, y eso las hacía más exclusivas y raras de ver. Era demasiada casualidad que, unos días después de que me hubieran robado la mía, apareciera alguien con el mismo modelo dando vueltas por una ciudad de menos de ocho mil habitantes.

En cuanto puse un pie en el exterior, mis ojos recorrieron en un segundo todo lo que me rodeaba. Tardaron solo un instante en acomodarse al sol que me daba directamente. Detecté enseguida a la persona que tenía mi bici. En el aparcamiento de bicicletas del instituto, justo al lado del de las motos, un chico estaba de espaldas atándola a una barra de hierro. No estaba utilizando mi candado, pero estaba al cien por cien convencida de que era la mía.

—¡Eh! ¿De qué vas? —grité, cabreada.

Mucha gente se dio la vuelta para ver si hablaba con ellos, pero volvieron a sus conversaciones cuando se dieron cuenta de que no era así. El chico ni siquiera se dio por aludido y siguió a lo suyo, así que me puse delante de él para poder mirarlo a la cara. Aunque estaba agachado, colocando un candado que no era el mío, y no podía verlo bien, algo en él me resultó familiar.

Ahora que la tenía delante, estaba completamente segura de que era mi bicicleta. La habría reconocido entre miles por las marcas que tenía de cada caída que había sufrido con ella. Y de la última que le había hecho al intentar meterla en el maletero del coche cuando dejamos atrás Sacramento.

—¿Qué estás haciendo con mi bici? ¡Me la has robado!

El chico hizo un sonido, como si fuera una risa, y se incorporó, mirándome a los ojos. En ese momento lo reconocí.

No era muy buena recordando nombres, y menos todavía caras, pero la suya la ubiqué al instante. Era el chico que miraba por la ventana en el grupo de apoyo del hospital. Un tal Liam, si no me equivocaba.

—Aquí la tienes —fue su única respuesta. Dio un par de golpes al sillín—. Una Canyon negra de 2008, personalizada, por lo que veo, con la rueda de atrás más ancha que la original.

El chico sonrió, triunfante, como si aquello le produjera una satisfacción que yo no lograba entender. Me quedé a cuadros con su forma de actuar y no supe ni qué responder. Estaba frente a la persona que me había robado la bicicleta y no sabía qué decirle, porque lo último que esperaba era aquella reacción por su parte.

—Un par de golpes importantes. Ha sido reparada en alguna ocasión y le has quitado los embellecedores de aquí...

—Pero ¿quién te crees que eres? —grité. No podía creer lo que me estaba pasando—. ¡Devuélveme ahora mismo mi bicicleta!

Di un paso adelante, poniéndome a escasos centímetros de su cara. No me consideraba una persona agresiva ni violenta, pero no me gustaba que me robaran mis cosas, y menos aún que me lo restregaran por la cara.

—Oye, oye, tranquila...

Y en cuanto dijo eso me volví completamente loca.

—¡¿Cómo te atreves a decirme que esté tranquila?! ¡Dame ahora mismo la llave de mi puta bici!

Mis gritos alertaron a los que estaban a nuestro alrededor, y vi que muchas caras, ahora sí, se volvían hacia nosotros. Sentí que la cara se me estaba poniendo roja de la rabia. Mi intención era pasar desapercibida en el instituto, y estaba consiguiendo justo el efecto contrario. Ahora, casi todos tenían puesta la atención en nosotros. Pero, en el fondo, me dio igual.

Lo único que quería era que ese idiota se dejara de rodeos y me la devolviese.

—Oye, no te pongas así conmigo —me respondió el chico—, yo no te la he robado, la he encontrado tirada por ahí y la he arreglado.

Permanecí en silencio durante unos segundos, haciendo memoria. No, se estaba quedando conmigo.

—¿De qué estás hablando? —pregunté, con pocas ganas de bromas.

—Es la verdad, la encontré tirada en el camino al barranco y la llevé a mi casa, la arreglé, y la he traído al instituto para ver si alguien la reconocía y... —Se encogió de hombros, como si de repente todo ese asunto no fuera con él.

Lo corté antes de volver a escuchar sus mentiras:

—¡Dame mi bici YA! ¡Y quita tu candado ahora mismo!

Actué sin pensar y le arranqué de la mano el llavero con el que acababa de cerrar el candado.

—¡Eh, dame eso! —me gritó él.

El espectáculo ya se había montado. Todo el mundo, hasta los que estaban en la puerta del instituto, nos miraban en completo silencio para no perderse ni una palabra de nuestra discusión.

—¡Dime cuál es! ¡Dime cuál es la llave del candado!

—¡Eh, ustedes dos! —Esta vez una voz ajena fue la que cortó el silencio que se había creado a nuestro alrededor.

Miré a un lado y vi que un hombre de unos cincuenta años se estaba acercando hacia nosotros. Tenía un poblado bigote y una calva incipiente. No caí en que era un profesor hasta que vi que, unos metros más allá, había un par de delegadas que lo seguían. Una de ellas era Alice, a la otra apenas la conocía.

—¿Qué está pasando aquí? —preguntó, mirándonos a los dos—. Hombre, Carter, por fin le vemos la cara por el instituto, pensábamos que su amenaza de no volver había sido, esta vez, real. Y usted, señorita Jones, ¿se puede saber a qué vienen esos gritos?

Tragué saliva. No lo miré a la cara, pero me di cuenta de que el chico se estaba divirtiendo al ver el aprieto en el que me había puesto el profesor. Aun así, decidí no callarme.

—¡Me ha robado la bici! —intenté mantener la calma, pero elevé la voz sin darme cuenta.

El profesor me miró a mí; después, miró la bicicleta, y, por último, al idiota que tenía enfrente.

—¿Es eso verdad? —le preguntó directamente. Por su tono, parecía algo que podría ser completamente normal en él.

Alice y su amiga me miraron con cara de no comprender nada de lo que sucedía.

—No, bueno, la cosa es que la encontré —se excusó él.

—¡¿Que la encontraste?! —lo corté, llevándome las manos a la cabeza.

Sabía que me arrepentiría de montar esta escena, pero Liam me estaba sacando de mis casillas. Me pasé las manos por la cara, frustrada. En ese momento, más de cincuenta alumnos estaban pendientes de todo lo que decíamos, más que de que había llegado la hora de regresar a las clases porque había terminado el descanso.

—Vale, vamos a continuar esto en la sala de profesores. ¡Se acabó la función! ¡Todo el mundo de vuelta a clase! —ordenó el profesor a los alumnos que nos rodeaban.

Todos lo obedecieron al instante y se dirigieron a la puerta principal, por donde había salido hecha una furia hacía unos minutos.

—Está bien sujeta, ¿verdad? —preguntó el profesor, a lo cual preferí no responder. Por supuesto que estaba sujeta, con un candado que no era el mío.

Lo seguí, nerviosa, dando pasos cortos. Detrás de mí, con una calma que me enervaba, nos seguía el gilipollas que me había robado la bicicleta. Pasamos la secretaría y la sala de delegados, donde se quedaron Alice y su compañera, y seguimos los tres hasta una zona del instituto en la que no había estado nunca. Entramos en una estancia bastante grande que tenía algunas ventanas abiertas, y en la que había varios profesores a los que reconocí. Sus caras de sorpresa nos recibieron al instante. Me miraban a mí pero, sobre todo, a mi acompañante.

—Por aquí. —El profesor me indicó con la mano que entrara en un despacho pequeño en el que había varias mesas de escritorio. Pasé y me quedé quieta, de pie—. Usted también, señor Carter. Por lo que veo, no tiene ninguna prisa por retomar las clases.

Liam no respondió, ni física ni verbalmente, al profesor y entró el último, cerrando la puerta tras él.

—Siéntense ahí —ordenó con voz de malas pulgas.

Lo obedecimos, y comenzó el interrogatorio.

—¿Por qué narices están montando un espectáculo así en la puerta del instituto? ¿Quieren que venga la policía?

Negué con la cabeza, asustada, y el chico se encogió de hombros a mi lado, esbozando una media sonrisa. Esta vez no me callé:

—¿Qué te hace tanta gracia? ¿Ir por ahí robando bicicletas?

—A ver, calma —intentó serenarnos el profesor extendiendo los brazos—. Jones, ¿qué ha ocurrido?

Tomé aire para no perder los nervios de nuevo.

—El otro día me robaron la bicicleta en la puerta del hospital, y hoy lo veo llegar montado en ella —le expliqué en pocas palabras. Antes de que pudiera preguntarme si estaba segura de que era esa, le dije que sí, que sabía que era la mía.

Él asintió, juntando las manos debajo del mentón, como si se estuviera concentrando en no perder la compostura, y miró a Carter.

—¿Y bien? ¿Es eso verdad? ¿Tiene algo que decir?

Liam se removió en la silla antes de hablar.

—Se lo he intentado explicar, pero se ha vuelto completamente loca —fue lo único que dijo.

El profesor separó las manos y se las pasó por el poco pelo que le quedaba en la cabeza.

—Hombre, me parece que tiene derecho a enfadarse si le ha robado la bicicleta, ¿no cree? —le dijo el profesor, y me alegró que utilizara un tono tan directo y acusador.

Liam empezó a soltar el cuento que había intentado colarme a mí, e hice esfuerzos para no poner los ojos en blanco.

—La robó otra persona, probablemente porque tendría un candado demasiado fino o fácil de romper. Cuando la encontré tirada en el camino que lleva al barranco, ni siquiera llevaba candado. Igual a ella se le olvidó ponérselo, no sé —le dijo al profesor, sin mirarme a mí directamente.

—¿Perdona? —alcé la voz con enfado.

Había llegado a un punto en el que ya no me molestaba tanto lo que hubiera hecho, sino que se comportara como un auténtico gilipollas.

—No se griten, por favor —quiso poner paz el profesor—. Señor Carter, ¿cogió su bicicleta sin permiso?

—Vamos a ver —intentó explicarse él otra vez, como cargándose de paciencia—. La encontré tirada en las afueras, a ver en qué idioma tengo que decirlo para que se me entienda. Lo único que hice fue cogerla para arreglarla.

Y entonces pasó a relatar una historia que no me convenció. Carter trabajaba los fines de semana reparando bicis, coches o motos en el garaje de su propia casa para ganar un dinero extra. Al parecer, sus precios eran muy competitivos para los talleres que se dedicaban profesionalmente a ello en el resto de la ciudad, por eso era conocido por todos, y el profesor se creyó su historia. El chico había cogido mi bicicleta para repararla, porque estaba claro que, en el estado en el que la encontró, alguien la había abandonado después de robarla cuando ya no pensaba seguir utilizándola. Después, la guardó varios días en su garaje esperando que alguien fuera a buscarla, ya que, según él, es lo que cualquier persona de Crescent City habría hecho. Como no aparecí, decidió traerla al instituto para buscar a su propietario.

Los miré a los dos. La historia parecía verídica, pero aquello no quitaba que estuviera muy cabreada por lo que había ocurrido. Exigí a Liam que me diera la llave del nuevo candado, sin darle las gracias por una historia que obviamente me costaba creer. Me levanté la primera en cuanto terminó aquella reunión y me fui directa a mi clase, donde todos me miraron cuando entré diez minutos tarde. La profesora aún no había comenzado, y estaba repartiendo unas hojas por todas las mesas. Me senté en mi sitio y dejé que el resto del día pasara sin más, aunque no pude parar de pensar en la rabia que sentía por lo que me había sucedido por culpa de aquel idiota.

Sí, había recuperado la bicicleta, pero a cambio de montar un espectáculo delante de todos. Aquello era lo último que quería hacer: llamar la atención. Y ahora, aunque Liam tuviese razón y creyera su historia de que la había encontrado por ahí tirada y la hubiera arreglado y quisiera devolverla, no podía retroceder en el tiempo y cambiar lo que había ocurrido en la puerta del instituto hacía menos de media hora.

*Estábamos sentadas en el alféizar de la ventana de nuestro cuarto viendo el atardecer. No me daban miedo las alturas, pero cada vez que nos poníamos ahí Aria y yo, sentía un cosquilleo en los pies, que colgaban hacia abajo. Cuando ella volvía por la noche de extranjis, trepaba por la fachada hasta la terraza del primer piso, y ahí se agarraba a unas tuberías que salían hacia fuera para impulsarse mientras yo, desde la ventana, la ayudaba a entrar en nuestra habitación. Era algo que yo jamás me atrevería hacer, pero que ella parecía haber dominado en poco tiempo. Sabía dónde poner cada pie y cuándo hacer fuerza para llegar a la habitación en cuestión de segundos.*

*Di un sorbo a mi refresco y lo dejé entre las dos, con cuidado para que no se resbalara y cayera al jardín de la casa. Vivíamos a las afueras de Sacramento, por lo que los edificios del centro se veían a lo lejos, como pequeñas construcciones iluminadas al atardecer.*

*—No me gustaría nada trabajar ahí —dijo mi hermana mirando en la misma dirección que yo—. Tiene que ser una mierda.*

*—¿Por qué? —pregunté.*

*La respuesta se me ocurrió antes de que ella dijera nada. Pasar ahí tantas horas y ver cómo se ponía el sol a través de las ventanas mientras seguías inmersa en tu trabajo tenía que ser muy duro.*

*—No son felices —concluí. Fue lo único que dije ante su silencio.*

*Aria negó con la cabeza. Estiró la mano para robar un sorbo de mi refresco y lo volvió a dejar donde estaba.*

*—Tampoco hay tanta diferencia con el resto del mundo. No hace falta tener mucha responsabilidad para sentirte infeliz —dijo.*

*Me volví para mirarla con una cara rara, como si no hubiera entendido lo que quería decir.*

*—¿No eres feliz? —le pregunté.*

*No me gustaban las conversaciones profundas, y menos un domingo a las siete de la tarde, después de haber pasado todo el día encerrada en casa. Mi hermana se encogió de hombros, y en ese momento me di cuenta de que estaba llorando. Las lágrimas le recorrían la cara, silenciosas, como echando una carrera que terminaba en su cuello.*

*—Aria... ¿estás bien?*

*Ella asintió con la cabeza, pero mi preocupación la hizo sollozar.*

*—No pasa nada. De verdad —insistió, al ver que la miraba fijamente a los ojos—. Es simplemente que... ¿para qué dedicar toda nuestra vida a algo que nos va a hacer infelices? ¿Por qué tenemos que seguir como borregos lo que nos manda la sociedad?*

*Se sorbió los mocos e hizo un gesto con la mano en el aire, quitándole importancia a lo que había dicho.*

*—Pero... —empecé a decirle.*

*—No te preocupes, en serio —me cortó—. Es un mal día. Nada más.*

*Aria encogió las piernas para no derribar el refresco con ellas y se volvió, dando la espalda al exterior. Con un salto grácil volvió a meterse en nuestro cuarto y oí sus pasos hasta que desaparecieron por el pasillo, en dirección al baño.*

*Tomé aire con fuerza y lo solté. Aria tenía muchos días malos, y nuestras conversaciones en aquella ventana siempre terminaban con algún pensamiento extraño por su parte que yo no llegaba a comprender. Lo que no sabía era que, en el futuro, lo haría.*

# 5

Miré el papel que tenía entre las manos, esperando mi turno para hablar. Me encontraba en la segunda sesión del grupo de apoyo del hospital. Había ocupado el mismo asiento que la vez anterior, pero en esta ocasión no tenía a Liam Carter frente a mí, sino que estaba a mi derecha. No había vuelto a verlo por el instituto, ni siquiera por las calles de la ciudad. Su presencia me suscitaba muchas preguntas, pero, por otro lado, no tenía ningún interés en responderlas.

Moví la hoja entre los dedos sin darme cuenta, jugueteando con la esquina. Todavía faltaban cuatro personas hasta que llegara mi turno de leer lo que había escrito en voz alta, si quería. No todos quisieron compartir las historias que habían escrito. Un chico había preferido no participar. Otro, simplemente dijo que no lo había conseguido, que lo iba a intentar para la siguiente reunión y que, si lo conseguía, lo compartiría entonces.

La chica que venía a continuación, sin embargo, leyó toda su historia. Habló de cómo el acoso escolar la había afectado a nivel personal y que, aunque lo había superado, todavía le quedaban cosas por hacer. Tal y como nos indicó Sabrina, para esa sesión teníamos que escribir sobre algo que hasta ese momento no nos habíamos atrevido a hacer y que habíamos intentado llevar a cabo en los últimos días. En su caso, ella habló de su miedo a estar sola, a sentirse perdida entre un montón de gente. Su avance había sido unirse a sus compañeros en las charlas distendidas que tenían a la hora del descanso entre clases en vez de quedarse callada, como siempre, observando. Un pequeño gesto que podía ayudarla a conseguir su objetivo.

Los turnos fueron pasando, y, de pronto, vi once pares de ojos clavados en mí. Tragué saliva y fijé la mirada en el folio, escrito con una cuidada caligrafía en bolígrafo negro. Todo lo que ponía lo había escrito en la última sesión, pero después lo revisé y cambié varias veces en casa. Respiré con decisión y comencé a leer en voz alta.

—«Mi pequeño avance de esta semana quiero que sea hablar con mi madre del día en el que desapareció mi hermana gemela, Aria Jones, simplemente porque es un tema tabú en casa que solo sacamos en los casos estrictamente necesarios.»

Ese era el principio, lo que había plasmado en el papel en mi primera sesión en el hospital. A partir de ahí, todo lo había escrito el jueves, mientras mi madre dormía en el sofá después de comer y en la casa reinaba una paz absoluta.

—«Para intentar conseguir mi objetivo, hoy le he preguntado qué cree que pasó realmente aquel día. Todos tenemos muchas hipótesis diferentes, pero la mayoría son versiones que nos ha planteado la policía o que hemos leído en los medios de comunicación. Sin embargo, a veces, cuando estoy sola, barajo en silencio la hipótesis de que se ha marchado voluntariamente... pero creo que ya ha pasado demasiado tiempo para eso. Si de verdad se ha marchado por su propio pie, me parece que ya lleva muchos días alargando todo este sufrimiento que nos está haciendo pasar, por lo que yo creo que ha sido otro el motivo de su desaparición.»

En ese momento me di cuenta de que quizá estaba hablando de más. Era posible que estuviera dando demasiada información, que me hubiera dejado llevar por mis sentimientos y estuviera compartiendo mis intimidades con un grupo de desconocidos... Me asusté, y me enfadé conmigo misma por no haber pensado más en ello, a pesar de que había leído tantas veces el texto antes de ir a la reunión que casi hubiera podido recitarlo de memoria. Pero ya era demasiado tarde para echarse atrás, así que decidí continuar, dejarlo salir. Si en algo coincidía con mi madre era en que la terapia de grupo era un tratamiento que todavía no había probado, por lo que no sabía si funcionaría o no. Por eso me había apuntado.

—«A mi madre no le gusta hablar del tema porque tiene la esperanza de que Aria entre cualquier día de estos por la puerta de casa como si nada hubiera pasado, pero eso nunca ocurre. Lleva un año sin ocurrir. Aun así, ayer hablé con ella y, por un momento, me sentí de nuevo en familia. Mi mayor apoyo desde que Aria desapareció fueron mis padres, y ellos decidieron separarse unos meses después... Mi relación con ellos ha cambiado, ahora es más distante. Y por eso me ha gustado hablar con ella sobre todo esto, porque siento que muchas veces vivimos las dos en una realidad paralela, y recordarla nos hace sentirnos más unidas.»

Conforme fui leyendo el párrafo que había escrito, me di cuenta de lo mal redactado que estaba y el poco sentido que podía tener para alguien que no estuviera al corriente de la situación. No obstante, no me importaba. Realmente, aquella actividad que Sabrina nos propuso me había ayudado de verdad. Me habría encantado poder hacerlo con mi padre también, pero él estaba en Sacramento, y aunque no le guardaba rencor por ello, había perdido el contacto con él y prefería que las cosas siguieran así. Solamente nos llamábamos para desearnos feliz cumpleaños y otras cuestiones muy puntuales. El resto del tiempo era como si no existiera. No sabía si vivía solo, si había encontrado pareja o si había cambiado de trabajo. Simplemente era consciente de que seguía en Sacramento, que estaba bien y que estaba intentando alejarse del tema todo lo posible...

Dejamos a mi padre atrás porque él no quería saber nada de esto. Y ese fue el motivo del divorcio. Mi hermana había desaparecido y mi padre decidió abandonar tras menos de un año de búsqueda. No habíamos vuelto a saber nada de ella, pero nosotras no nos íbamos a rendir. Aquello le rompió el corazón a mi madre, pero le hizo darse cuenta de que en el fondo un cambio de aires nos vendría bien. Por eso vinimos a Crescent City, una ciudad que estaba muy cerca del lugar donde mi hermana fue vista con vida por última vez. No fue una elección al azar.

No estaba enfadada con mi padre, a pesar de que no estuviera de acuerdo con su comportamiento. Todos estábamos cansados de luchar contra algo que parecía ser demasiado grande para comprenderlo. Todos llorábamos por las noches, a veces sin motivo aparente, porque su caso se diluía cada vez más entre el montón de personas que desaparecían cada año en los Estados Unidos, y la policía tenía mucho trabajo. Podía entender que se hubiera rendido, porque fue algo que yo me planteé más de una vez. Sin embargo, decidí luchar. Y por eso estaba aquí.

La hora y media de sesión pasó más rápido de lo esperado. Cuando la psicóloga la dio por terminada, todos los asistentes se pusieron de pie y comenzaron a recoger sus cosas. Todos menos uno. Liam Carter, el chico que miraba el primer día por la ventana y que había aparecido con mi bici por el instituto hacía unos días, tenía los ojos clavados en mí. No de una forma inquisitiva, pero sí insistente, ya que fui consciente entonces de que lo había hecho durante toda la reunión.

Me di cuenta de que cada vez que yo hablaba, él escuchaba con atención cada palabra que decía, como si absorbiera todos los detalles que había decidido compartir. De él, sin embargo, yo sabía muy poco. Solo que se llamaba Liam. Pero gracias al profesor que nos llevó a su despacho me enteré de que su apellido era Carter, y así era como se dirigían a él casi todos sus conocidos. Tenía problemas familiares por peleas del pasado que no quería rememorar y vivía lejos del centro y del instituto. Y, al parecer, era cierto lo de su trabajo clandestino en el garaje de su casa a las afueras. Pero prefería no pensar en ello.

Me levanté, incómoda al observar que seguía cada uno de mis movimientos, y me puse la chaqueta. A pesar del cálido clima de California, había empezado a refrescar en los últimos días. Toqué los bolsillos de los pantalones para asegurarme de que lo tenía todo conmigo y que no me dejaba nada y abandoné la reunión. A pesar de que había leído mi carta en voz alta, no hice como el resto del grupo, que la tiraron a la papelera tras romperla en varios pedazos, sino que me la llevé, doblada en el bolsillo posterior de mi pantalón vaquero. Quería guardarla por si acaso necesitaba releerla en el futuro.

Con timidez, me despedí de los asistentes del grupo que todavía quedaban y salí a buscar mi bici. No sé si lo hizo a propósito o si fue casualidad, pero Carter y yo salimos al exterior en el mismo momento.

—Tranquila, esta vez estará en su sitio —bromeó él.

Ni siquiera lo miré a la cara. No quería saber nada de Liam una vez que abandonaba el grupo de apoyo.

—Hey —insistió, al ver que no reaccionaba.

—¿Qué pasa? —respondí, cansada.

Ya no estaba enfadada por lo que había ocurrido el otro día, pero no me apetecía hablar con aquel idiota.

—Siento mucho que te enfadaras, Emily, no tenía intención de liarla delante de todo el mundo. Solo intentaba devolvérsela a su propietario.

Me gustó escuchar una disculpa sincera después del espectáculo que montó el otro día en el instituto.

—Vale, gracias. Y ya está, no quiero darle más vueltas. Me robaron la bicicleta, tú la encontraste y me la devolviste. ¿Algo más?

No pretendía sonar borde, pero las palabras me salieron de la boca con un tono cortante.

—No, simplemente eso, que lamento de verdad si te hice sentir mal delante de todos. A veces puedo ser bastante gilipollas. Lo siento —insistió.

—Da igual. Olvidado —le respondí, y esta vez lo decía de verdad.

Había recuperado la bicicleta, que era lo que más me preocupaba. No era una persona a la que le gustara tener muchas cosas materiales, la verdad, pero a esa bicicleta le tenía un cariño especial y me habría dolido más perderla por el valor sentimental que por el económico.

Fui delante de él hasta los soportes donde se podían aparcar las bicicletas. En ese momento solamente estaban la mía y la de otra persona, que supuse que sería la de Liam Carter.

—No está mal —comenté al verla.

Era una BMC, una bicicleta de origen suizo. Tenía los neumáticos como nuevos, tanto que llamaba la atención, y era de color azul cielo. El sillín no se correspondía con el original del modelo; de hecho, era de otra marca, se veía enseguida. Lo había puesto un poco más bajo de lo que le correspondería por su estatura. Liam era unos diez centímetros más alto que yo, mediría casi uno ochenta.

—Te puedes quedar con el candado, tengo muchos en casa —me dijo antes de que pudiera preguntárselo.

Desde que recuperé mi Canyon, había estado utilizando el candado con el que él la había traído al instituto. No tenía otro, y como tras nuestra discusión me dio la llave, no me había planteado cambiarlo. Me lo tomé como una oferta para que hubiera paz después de la guerra.

—Gracias —respondí—. Me quedo con la llave, entonces.

Él asintió mientras soltaba el suyo. Tenía pinta de ser bastante caro, de buena calidad. El recubrimiento era de una tela extraña. Había visto algunos así antes. Esa tela alrededor de la cadena le proporcionaba una doble protección antirrobo. Me di cuenta de que él también llevaba uno muy parecido, otro modelo diferente pero el mismo concepto, a fin de cuentas.

Saqué con cuidado la bicicleta del aparcamiento, fijándome bien en que no rozara con las barras de metal donde la había apoyado. Estuve a punto de despedirme de él con un simple «nos vemos», hasta que me di cuenta de que había algo más que llevaba un tiempo queriendo comentarle.

—Carter —lo llamé.

—Dime.

No sé si le sorprendió más que lo llamara por su apellido o que me dirigiera a él cuando ya habíamos dado nuestra conversación por terminada. Se pasó la mano por el pelo revuelto.

—Me he dado cuenta de cómo me miras cuando hablo de mi hermana... y solo quería decirte que, por favor, no lo hagas más. No soy un personaje de una serie policíaca ni de una película de misterio, por muy llamativa que sea mi historia.

El chico se quedó en silencio, así que continué hablando:

—¿Entiendes lo que te quiero decir? —le pregunté.

—Sí, sí. Lo siento, no te miraba por eso. Es que... me parece muy valiente que hayas venido hasta aquí y que hables de ello de frente. Creo que tienes que estar orgullosa. Y el grupo está más abierto desde que tú te has incorporado, créeme.

Iba a responderle a aquello cuando se me ocurrió otra pregunta que nada tenía que ver con lo anterior. Desde que empezó el instituto, no había visto a Liam Carter poner un pie en las clases. El día que me devolvió la bici, el profesor le hizo una broma al respecto, como si se sorprendiera de verlo allí...

—¿Por qué no vas al instituto? —le solté directamente.

Mi pregunta lo pilló desprevenido. Vi como tragaba saliva y hacía tiempo para contestarme mirando a su alrededor, como si estuviera buscando una excusa. Pasaron unos segundos y pareció no encontrar ninguna.

—No tienes por qué decírmelo si no quieres —dije al instante. Me sentí mal por haberle hecho una pregunta que quizá era demasiado comprometida.

—Es una larga historia. Pero no de esas que son interesantes y tienen muchos giros, sino más bien de las aburridas.

Se encogió de hombros y, tras liberar su bici, se colocó a mi lado.

—Son... problemas en casa. Pero nada grave. ¿Adónde vas? —me preguntó cambiando de tema.

—Pensaba dar una vuelta con la bici, hoy que no hace tanto calor... y que la he recuperado.

Me sorprendí a mí misma por estar bromeando sobre el tema. No conocía al chico lo suficiente como para abrirme a él, pero que Liam hubiera escuchado lo que había dicho aquel día en la sesión hacía que sintiera que teníamos algo en común. Carter se rio y se rascó la frente, nervioso.

—Ya te he dicho que lo siento mu...

—Sí, sí. No te preocupes —le respondí—. ¿Sabes de algún lugar chulo adonde ir en bici? Ya sabes, a tomar el aire... alejado de la ciudad. Siempre hago las mismas rutas y no conozco los alrededores. Además, quiero ver cómo se te pinchan las ruedas.

Había algo en Liam que me resultaba atractivo, me sorprendí a mí misma con mi buen humor repentino, pero ya que había pasado la tensión de los primeros encuentros, simplemente me dejé llevar.

Él sonrió y se hizo el ofendido por mi comentario.

—Ni que viviéramos en Nueva York...

Me gustó su humor.

—A ver... —siguió diciendo—. Se me ocurre ir a los acantilados, es un camino pedregoso, pero con tu bici no va a ser ningún problema. Igual se asusta, porque ahí fue donde la encontré tirada.

Tragué saliva y la miré como si fuera mi propia hija.

—Vale.

Se ofreció a acompañarme hasta allí, así que fuimos juntos en dirección opuesta a mi casa. Dejamos atrás el hospital y recorrimos varias calles por las que no había pasado nunca en dirección al sur. Notaba cómo íbamos subiendo poco a poco, ya que mis piernas se quejaban de vez en cuando por el ejercicio que les estaba tocando hacer. Crescent City era una ciudad bastante llana, pero las afueras tenían colinas que terminaban en acantilados con vistas al océano, según me contó Liam.

Dejamos atrás las calles asfaltadas y entramos en una zona en la que ya no había casas, solo árboles y el sonido de los pájaros como banda sonora. Todo a nuestro alrededor era de color verde, excepto el suelo. Liam pedaleaba a mi izquierda, mirando a los lados con curiosidad pero con cara de conocer bien aquel camino.

Saqué el móvil, aprovechando un tramo en línea recta, para escribir a mi madre y avisarla de que llegaría un poco más tarde porque había salido a dar una vuelta con un amigo del grupo de apoyo del hospital.

—Por ese camino de ahí se va al parque estatal de Redwood —me explicó Liam, señalando un camino asfaltado que dejamos atrás, a nuestra izquierda—. Trabajé allí un par de años, así que conozco cada rincón de memoria. La única parte a la que se puede acceder sin pagar entrada es la zona de los acantilados, por aquí.

El camino, que hasta entonces había sido bastante recto, giró ligeramente a la derecha, y después a la izquierda. Las piedras eran ahora más grandes, y tuve que prestar atención para no pasar por encima de ninguna. Las raíces de los árboles invadían el terreno, como si surgieran de la nada, haciendo que este se elevara en algunos puntos.

Entre las copas de los árboles se colaban algunos rayos de sol, creando una cúpula verde que guiaba nuestro camino. Inspiré y espiré con fuerza, disfrutando de la pureza del aire.

Adoraba el sonido que hacían las ruedas de la bicicleta rodando sobre las piedras, era increíblemente relajante.

Liam disminuyó la velocidad y yo lo imité. Nos paramos en un lugar donde los árboles comenzaban a escasear. Él dejó la bicicleta tumbada en el suelo, apartada del camino, a un lado. Hice lo mismo con la mía y lo seguí.

—¿No corren peligro? —le pregunté.

No quería volver a sacar el tema, pero me preocupaba. Recordaba que Liam había dicho que había encontrado mi bici de camino a los acantilados, por lo que podía ser un lugar potencial de robos.

—No, tranquila, la tuya estaba en otro sitio, también de camino al acantilado pero en una zona que hemos dejado atrás. No te preocupes —me aseguró.

Asentí, y aparté la vista de ellas.

—Mira —me dijo, señalando hacia delante.

Avanzamos unos pasos. Ahora que había bajado de la bicicleta y que ya no se oía el sonido del roce de las piedras me di cuenta de que a mi alrededor reinaba el silencio, solo interrumpido por el canto de los pájaros y el vaivén irregular de las olas. Dejamos atrás los árboles para dirigirnos hacia el acantilado que se alzaba a lo lejos y ocultaba el océano a nuestros ojos. El sol se escapó de las escasas nubes que cubrían el cielo y entrecerré los ojos para disfrutarlo mejor. A mi lado, me pareció que Carter hacía lo mismo.

A pesar de que el agua chocaba contra las rocas a varios metros por debajo de nosotros, parecía como si estuviera a nuestra altura. El olor a sal me llenó de golpe y recordé el día que llegué a Crescent City. Pensaba que en el centro de la ciudad ya se percibía con fuerza el olor, pero entonces me di cuenta de que no había punto de comparación. O quizá ya me había habituado y solamente lo notaba ahora porque tenía el océano justo al lado. Una pequeña brisa me revolvió el pelo, que ya de por sí se rebelaba por la humedad, y tuve que colocármelo detrás de las orejas para que no me tapara la vista.

Caminamos en línea recta hasta que nos acercamos al barranco, y no pude evitar sentir miedo. No quise acercarme mucho, así que me mantuve a una prudente distancia de tres metros, como mínimo.

Él hizo todo lo contrario. Se acercó hasta el límite, donde la tierra se encontraba con el aire, y permaneció ahí unos segundos. Miró hacia abajo y lanzó una pequeña piedra que llevaba en la mano.

—Espero que no le dé a nadie en la cabeza —le dije, bromeando, para llenar el silencio que nos rodeaba.

Él sonrió.

—No hay playa ahí abajo, así que sería difícil... Quizá he alcanzado algún pez, como mucho, pero ya sería mala suerte.

Se encogió de hombros y siguió caminando. Yo lo seguí, a mi propio ritmo. Las piernas me temblaban un poco, y no sabía si se debía al esfuerzo que había hecho para subir en bici hasta la plataforma superior del acantilado o por el miedo que me inspiraban las alturas. Lo más probable era que fuera una mezcla de ambas cosas.

—Oye... —intenté llamar su atención, ya que me había cogido varios metros de ventaja.

Él me oyó y, al instante, se volvió. El viento también jugueteaba con su pelo, pero no tenía nada que hacer: ya venía revuelto de casa.

—Dime.

Cogí aire antes de hablar, ya que no sabía cómo plantearle todas las preguntas que daban vueltas por mi cabeza.

—No vienes a clase, apenas hablas en las sesiones... ¿Estás bien? ¿Hay algo que te preocupe?

Carter se humedeció los labios. El sol se escondió entre las nubes y volvió a salir a los pocos segundos.

—No me gusta hablar de mí, eso es todo —fue su única respuesta.

—¿Y te crees que a mí sí?

Él se sorprendió por mi reacción y negó con la cabeza.

—Simplemente... —empezó, pero luego cambió de idea y reformuló la frase—. No sé. Me parece que nuestra situación es muy... rara.

Quizá aquella era la última palabra que había esperado oír, por lo que parpadeé varias veces, confusa.

—¿A qué te refieres? —le pregunté.

A varios metros de nosotros, bajo nuestros pies, las olas rompían contra las paredes del acantilado en el que nos encontrábamos. Aquella sensación de libertad era inigualable. Me sentía como si estuviera lejos del mundo y allí solo existiéramos él y yo.

—No lo sé, piénsalo —dijo—. Somos dos desconocidos que se han cruzado de la peor forma gracias a mi estúpida manía de meterme en la vida de los demás sin permiso y sin avisar. Como un complejo de Robin Hood... pero extraño.

Se quedó pensativo.

—Sí, tienes razón con lo último —admití, sonriendo de forma leve—. Pero no entiendo lo que quieres decir. O sea, no entiendo adónde quieres llegar.

No sabía si me estaba explicando, pero Liam pareció comprenderlo.

—Pues que... no nos conocemos de nada, pero aquí estamos. —Abrió los brazos y señaló a nuestro alrededor—. Tenemos algo en común, y nos podemos hacer una idea de qué... pero no lo compartimos. Es como si nuestra aura hablara antes que nuestra mente —dijo, y se rio a continuación—. Vale, ahora he sonado fatal. Lo que quiero decir es que siento que tenemos una conexión que nos ha hecho llegar hoy hasta aquí. Porque, seamos sinceros, tú podrías ser una asesina en serie y yo un secuestrador potencial, porque apenas sabemos nada el uno del otro, pero hemos accedido a venir a un lugar solitario y jugárnosla.

Me hizo gracia su reflexión.

—Antes creería que fueras un filósofo que se ha vuelto majara que un secuestrador potencial, pero bueno, continúa —lo animé.

Él se rio al ver que estaba sonriendo.

—¿Te parece que estoy bromeando? —dijo, partiéndose de risa.

—No, no —me defendí enseguida. Quería saber cómo acababa la historia.

Liam hizo un gesto con la mano, restándole importancia al asunto.

—Bah —dijo—, da igual.

Le insistí una vez más para que me dijera qué teníamos en común, pero se hizo de rogar. Era como si hubiera pensado algo que había estado a punto de decir, pero, en el último segundo, se hubiese arrepentido. Sin embargo, tras mi insistencia, fruto de mi curiosidad, decidió contarlo. La sonrisa se esfumó de su cara y me miró fijamente a los ojos, como hacía en las sesiones.

—Estamos solos.

Aquella no era la respuesta que esperaba oír.

Mi cara se volvió inexpresiva y, por un momento, sentí que me había metido donde no me llamaban. En lugar de intentar decir algo para arreglarlo, permanecí en silencio, a la espera de que fuera él quien continuara hablando. Pero no lo hizo. Carter miró al horizonte y después a sus zapatillas, como si estuviera pensando la respuesta. Estuvo callado durante casi un minuto, que se me hizo eterno.

Y fue en ese preciso instante cuando me di cuenta de que tenía razón. No se refería a que no había nadie más a nuestro alrededor.

Cuando llegara a casa me estaría esperando mi madre, sí, pero en realidad, en el fondo de mi corazón, sabía que las palabras de Liam escondían una gran verdad. Por mucho que viviera acompañada, estaba lidiando yo sola con todo esto. Mi madre estaba conmigo todos los días, pero vivía en una realidad muy diferente. Apenas salía a la calle, casi nunca la veía sonreír. Ya no era la misma de antes, y yo tampoco.

Una lágrima cayó por mi mejilla antes de que pudiera atraparla. Liam la vio al instante y se me acercó, dándome la mano.

En el momento en que noté que su piel rozaba la mía, sentí como si me hubieran dado una descarga eléctrica por todo el cuerpo.

No podía seguir ahí. No estaba lo suficientemente recuperada para pasar página. No estaba preparada para enfrentarme a mis miedos, y uno de ellos era volver a sentir.

Cogí el aire que reclamaban mis pulmones, y no fue hasta entonces cuando me di cuenta de que llevaba un rato sin respirar. Giré sobre mis propios pies y, sin decirle nada a Liam, salí corriendo sin mirar atrás. Jamás sabría si su cara en esos momentos era de sorpresa, decepción o de simple tranquilidad. Lo que sí que tenía claro es que no podía continuar lo que parecía haber empezado, aunque solo fuera en muy pequeña parte.

Cuando monté en la bici y pedaleé de vuelta a casa, las lágrimas que se me acumulaban en los ojos apenas me dejaban ver. Dejé que cayeran, en silencio, mientras recorría el camino de vuelta. Sentir que no formaba parte del mundo era algo a lo que ya me había acostumbrado en los últimos meses. Estaba vacía por dentro, y jamás sería capaz de volver a ser la misma.

*—¿Cómo estás? —susurré, pero me di cuenta de que mi hermana se había quedado dormida.*

*Estaba sentada en el borde de la cama de Aria, haciéndole compañía en silencio. Hoy había sido uno de esos días en los que todo era demasiado difícil para ella y no había nada que pudiera hacer para ayudarla.*

*Temí levantarme, porque cualquier movimiento podría despertarla. Mientras dormía no sufría, así que no quería interrumpir su sueño.*

*Miré por la ventana de la habitación, que había dejado abierta para que la temperatura del exterior atenuara el calor que hacía dentro. Ya era de noche, y como no había nubes en el cielo se podían ver algunas estrellas, muy pocas, parpadeando en el cielo de Sacramento. O quizá eran simplemente aviones. No podía verlo bien desde donde me encontraba.*

*Aproveché que mi hermana se dio media vuelta en la cama para ponerme de pie sin que lo notara y caminé hacia la ventana, sin perder de vista el cielo. Busqué la luna, pero no la encontré por ninguna parte. Era una noche de luna nueva.*

*En ese momento me di cuenta de que, como la luna no inundaba con su luz el cielo, las estrellas parecían brillar más que nunca. Las miré como si nunca me hubiera fijado en ellas, percibiendo la luz que irradiaban, incluso siendo mucho más pequeñas que la luna. Titilaban con suavidad, como si en cualquier momento fueran a apagarse para siempre.*

*Fui consciente de que el cielo era una especie de representación de mi vida, y me sentí identificada con él. Mi hermana Aria era la luna y yo, las estrellas. Cuando estábamos las dos juntas, solo destacaba ella, y yo únicamente era un complemento más que adornaba su noche.*

# 6

El ambiente de la sala de delegados era frenético. Apenas quedaban unas horas para que diera comienzo la fiesta de inauguración del último curso en el instituto de Crescent City.

Cada vez que se abría la puerta, todos nos volvíamos hacia ella para ver quién entraba. Normalmente era alguien que solía traer malas noticias: que si debíamos comprar bombillas de colores porque las del almacén estaban fundidas, o que la alfombra había aparecido rota y no podía colocarse... Y así un sinfín más de cuestiones que podían parecer banales a simple vista, pero que eran indispensables para que todo saliera bien.

—Si movemos las mesas a la parte trasera de la sala, es posible que todo el mundo se coloque en esa zona y la pista de baile quede muy vacía —insistió Lorenzo.

Era la segunda vez que lo decía, pero nadie le hacía caso porque todos estaban muy ocupados. Se apartó los oscuros rizos de la frente y frunció el entrecejo mientras examinaba la propuesta de ubicación de los muebles en la sala.

El lugar donde se celebraría la fiesta no era muy espacioso, pero tampoco formábamos un gran grupo de alumnos. Según había visto en los mapas hechos a mano por Alice, la planta inferior tenía forma rectangular. La puerta de entrada estaba justo en el centro, de manera que separaba la estancia en dos mitades. Algunos querían poner la comida a la derecha y la pista de baile a la izquierda, al lado de la escalera que llevaba a la planta superior, pero esa opción tenía muchos detractores.

—Vale, voy a llamar para avisar de todo esto, a ver qué les parece —dijo Cora, alejándose del grupo con el móvil en la mano.

Cuando me ofrecí a ayudarlos, enseguida me respondieron afirmativamente. Ya había colaborado durante varios días con ellos para aliviarles la carga de trabajo, pero en las últimas horas todo había empezado a salir mal. El caos se estaba apoderando de la sala de delegados, así que me había convertido en una más, echando una mano en todo lo que podía.

En el fondo, disfrutaba muchísimo con ello. Así estaba ocupada casi todas las tardes, mi madre se quedaba tranquila porque veía que había hecho amigos y no pensaba mucho en Sacramento ni en mi hermana. Aunque, en realidad, ni estando a tope de trabajo podía olvidarme de ella.

Tampoco quitaba ojo al ventanal que había en aquel antiguo almacén, desde donde había visto a Liam Carter por primera vez en el instituto, aparcando mi bicicleta. Lo miraba todos los días, tanto, que hasta algunos de mis nuevos amigos me preguntaban si me pasaba algo o si esperaba a alguien. Siempre respondía que no, porque me daba vergüenza asumir la verdad. ¿Por qué me comportaba así? ¿Por qué buscaba a alguien que apenas conocía?

Pensar en nuestra improvisada excursión al acantilado me desconcertaba, pero lo que más me quitaba el sueño era el hecho de que Liam no apareciera por clase. Había estado investigando un poco, aunque discretamente para que mis comentarios pasaran desapercibidos. Le había preguntado en un par de ocasiones a Lorenzo por el chico con el que había discutido por mi bici, como si tuviera curiosidad por saber de su vida. Sin embargo, nunca había conseguido sonsacar mucha información. En el instituto aparecía como matriculado, aunque no viniera a clase, y lo único que conseguí averiguar de él era que vivía en las afueras, que tenía cuatro hermanos y que su familia no tenía buena fama. No quise preguntar más.

Eché una última mirada inocente por la ventana, pero todo estaba en su sitio: mi bici, en el aparcamiento, rodeada de otras que no reconocía. En los alrededores de la puerta, grupitos de gente que apuraban los últimos minutos del descanso antes de retomar la segunda tanda de clases de aquel viernes. Pero ni rastro de Liam.

En mi mente se libraba una partida que no se movía del empate. Por un lado, quería evitar pensar en Liam a toda costa, porque lo último que necesitaba era dejarme llevar demasiado y reaccionar cuando ya fuera tarde. Pero, por otro, no podía dejar de pensar en que tenía parte de razón en lo que había dicho. Durante todos estos meses había pensado que nunca podría volver a tener una relación con un chico como antes. De hecho, hasta me había planteado cómo serían las cosas si mi hermana hubiera muerto en vez de haber desaparecido. Si se hubiera ido para siempre, quizá habría podido pasar página, o intentarlo, y recuperar algo de mi vida. Sin embargo, la situación en la que nos encontrábamos hacía que fuera imposible seguir adelante. Me encontraba en un eterno laberinto, donde la única salida era la respuesta a la pregunta: ¿puede volver a amar una persona que ha perdido el corazón?

En ese momento, algo me arrancó de mis pensamientos, devolviéndome a la realidad. Noté que el móvil vibraba en mi bolsillo y lo cogí. Miré la pantalla, y no supe qué hacer. Una de mis antiguas mejores amigas en Sacramento me estaba llamando. ¿Se habría equivocado? Dejé que el teléfono siguiera vibrando y esperé con nerviosismo hasta que hubo colgado. No era extraño que me llamara, pero había pasado más de un mes desde la última vez que lo hizo. Cuando la pantalla se apagó, lo desbloqueé para borrar la notificación de la llamada perdida. Tenía demasiado bien aprendido ese «borrón y cuenta nueva» en el que tanto había insistido mi madre desde que llegamos aquí. Y, personalmente, estaba de acuerdo con ella en que aquello era lo mejor para mí. Nos habíamos mudado a Crescent City para empezar de cero sin olvidar seguir buscando a mi hermana, no para encerrarnos en nuestra antigua vida en Sacramento.

En ese momento me llegó un mensaje de mi madre. Había ido a la comisaría, aprovechando que a esas horas las calles estaban vacías, para ver si había alguna novedad sobre el caso de mi hermana. No le gustaba ir cuando la gente pudiera verla, por eso escogía momentos como ese para hacerlo.

Las visitas a la policía era algo que hacíamos más o menos una vez a la semana: acudir allí para ver si había nuevos datos sobre el caso de mi hermana. A veces nos sorprendían con alguna pequeña noticia, como que se estaba revisando alguna prueba, por ejemplo. Pero, por lo general, nunca había nada nuevo. La primera vez, después de un largo tiempo sin avances, que nos dijeron que iban a volver a investigar el caso, cuando ya habían pasado ocho meses de su desaparición y este parecía imposible de resolver, nos hicimos ilusiones. Y aquello fue un error. La cosa se quedó en nada y estuvimos casi una semana con el ánimo por los suelos.

Podríamos perfectamente llamar por teléfono, pero mi madre prefería ir en persona a la policía por si acaso alguna vez había algo importante. Aunque, en realidad, si ocurriese algo realmente relevante para el caso, se pondrían ellos en contacto con nosotras, pero mi madre prefería hacerlo así, por su cuenta. Y, en el fondo, no me importaba que lo hiciera. Sabía que para ella era prioritario sentir que seguíamos buscándola, que seguíamos luchando para que volviera.

Algo parecido hacía yo con la cuenta de Instagram oficial de la búsqueda de Aria, de la que solo yo tenía la contraseña. Me encargaba de subir una o dos fotos a la semana, casi siempre las mismas pero editadas con un cartel o información diferente. Mi misión era recordar a la gente que Aria seguía desaparecida y que no se sabía nada de ella desde principios de septiembre del año pasado. No obstante, desde que su cara dejó de aparecer en los medios de comunicación, cuando consideraron que ya no era relevante, la gente ya no seguía la cuenta y compartía menos el contenido que yo iba subiendo. Me fastidiaba, pero lo entendía. Desaparecían miles de personas al año en todo el mundo. Aria solo era una más. Y desde que la opción de que se había marchado voluntariamente de casa había prevalecido entre la opinión pública, el caso ya no salía en los medios. Solo nos habíamos quedado con que la gente pensara que yo era ella cuando me veían por la calle.

«Sin novedades en la comisaría, había un par de llamadas por lo de siempre, pero eras tú en los alrededores del instituto. Vuelvo ya a casa. ¿Qué plan tienes, al final?» Respondí de forma mecánica, informándola de que volvería pronto a casa. Releí las primeras palabras de su mensaje y pensé «como siempre», y a continuación bloqueé el móvil. Al principio nos ilusionábamos cuando había llamadas de gente que creía que había visto a mi hermana por la calle. Después resultaba que todas y cada una de ellas a quien habían visto era a mí.

—Emily.

Di un bote cuando vi aparecer a alguien a mi izquierda. Por un momento tuve miedo de que hubiera visto el mensaje de mi madre, pero me alivió pensar que no mencionaba directamente a mi hermana, así que no había problema en caso de que lo hubiera visto. Era Alice, acompañada de una chica que creía que se llamaba Josie.

—Ah, perdona —balbucí, sin saber muy bien por qué me disculpaba.

—Hemos tenido un problema con las invitaciones y en secretaría nos han dicho que nos podemos saltar todos la siguiente hora de clase. Tú también, si quieres. O sea que puedes quedarte aquí, si te apetece —me dijo Alice.

A su lado, la chica sonrió sin decir nada. Tenía el pelo superrizado recogido en dos coletas, una a cada lado de la cabeza, y varios *piercings* en cada oreja. De uno de ellos colgaba una pluma plateada.

—Genial. ¿Necesitáis ayuda con algo? —le respondí, ofreciéndome a echarles una mano. Un montón de pensamientos oscuros había inundado mi mente y no había forma de salir de ahí.

—Sí, porfa. —Alice abrió la carpeta que tenía entre las manos y sacó un montón de sobres sin cerrar. Un par de ellos se cayeron al suelo, y Josie se agachó enseguida para recuperarlos.

—Gracias, amor —le dijo a ella, para después mirarme a mí—. Mira... necesito que compruebes que el nombre que pone en cada sobre coincide con el que hay en la invitación del interior, y que no nos hemos dejado ninguna por hacer...

Depositó todo lo que tenía en las manos encima de la mesa que estaba al lado de la ventana, y volvieron a caérsele un par de sobres al hacerlo. Josie la ayudó de nuevo a recogerlos, con una sonrisa en la cara.

—Es que ha habido gente que no se ha apuntado, y Cora ha hecho invitaciones para todos y ahora no sabemos si están bien. Tienen que llevar consigo la invitación esta noche para poder entrar, por eso es muy importante que esto quede resuelto durante la próxima hora, así podremos repartirlas a tiempo antes de que terminen las clases.

Me lanzó una mirada optimista pero cansada. Lo más probable era que hubiera dormido poco la noche anterior, o eso parecía por las ojeras que mostraba, y aquella tampoco iba a poder descansar mucho.

—Claro, enseguida lo hago. —Me hacía sentir bien poder ser útil, y, además, liberaba a mis nuevos amigos de carga de trabajo, así que me puse a ello.

Coloqué la lista de alumnos de último curso en la parte izquierda de la mesa. Después, puse los sobres a la derecha, dejando un espacio vacío en el centro. Fui sacando las invitaciones de los sobres, comprobando una a una que estuvieran bien y tachando los nombres de quienes ya tenían la invitación lista para ser entregada en la siguiente hora. Me vino bien hacer eso, porque me permitió repasar los nombres de los delegados, que aparecían al final de todo de la lista, aprenderme sus apellidos y cotillear quién iba a la otra clase. A pesar de que no éramos muchos alumnos de último curso (no seríamos más de treinta y cinco), nos habían dividido en dos clases por cuestión de asignaturas optativas.

Aprendí que Josie en realidad se llamaba Jocelyn, y me alegré de no haberla fastidiado llamándola por otro nombre delante de todos. Normalmente, en mis asignaturas obligatorias coincidía con ella, así como con Lorenzo y otros chicos del grupo de delegados. En la otra estaban Cora, Alice y... mis ojos se detuvieron en un punto al leer el nombre de Liam Carter.

—Liam... —susurré—. Así que estás matriculado. ¿Por qué no vienes a clase?

Me mordí el labio. Busqué su invitación por todas partes, pero no la encontré, así que puse un punto rojo en la lista. Cuando terminé de revisarlo todo, me di cuenta de que faltaban dos personas más que no tenían invitación. Fui a decírselo a Lorenzo, con quien más confianza tenía, pero había salido con Cora para hacer unas fotocopias en secretaría.

—Eh, Alice... —la llamé en voz baja, esperando no molestarla.

—¡Dime! —Ella se alegró de que la hubiera sacado de la acalorada discusión que estaba teniendo con Josie y un chico sobre la música de la fiesta.

—Ya está todo. Solamente faltan tres personas que no tienen invitación.

Le pasé la lista y le señalé los puntos rojos que había puesto junto a esos tres alumnos, entre los que estaba Liam Carter.

—Genial, ¡muchísimas gracias! Menos mal que nos hemos dado cuenta de que faltaban, porque si no...

Levantó las cejas, poniendo una cara divertida, y guardó todos los sobres de nuevo en la carpeta.

—Si hago las invitaciones que faltan ahora, ¿te importaría repartir estas tres en persona?

Se me congeló la sangre en las venas. Entregarlas en mano no solo significaba ir clase por clase buscando a aquellas dos personas que no conocía para darles la invitación en mano, sino que también quería decir que tendría que reencontrarme con Liam. Después de nuestra última conversación, y mi huida injustificada, no sabía cómo estaban las cosas entre nosotros. Comenzaba a sentir una curiosidad cada vez más fuerte, una unión muy diferente a otras del pasado, tenía ganas de volver a verlo y al mismo tiempo el miedo conseguía paralizarme el cuerpo como si me advirtiera de que algo malo podría pasar.

Alice me miraba fijamente, y entonces me di cuenta de que llevaba un rato esperando mi respuesta.

—Sí, claro, lo que pasa es que... no sé dónde estarán... —dije, confusa.

—¡Ostras! Es verdad. Pues que te acompañe mi novia, ¿vale?

Asentí y Alice se alejó de mí, habló con Josie y ella me miró y sonrió, caminando hacia donde yo me encontraba.

—¿Vamos? —preguntó al llegar a mi lado. Se había soltado las coletas mientras yo organizaba lo de las invitaciones y ahora su largo pelo rizado abultaba el triple.

—Claro, sí. Tenemos que repartir la invitación de Sandra Liz, Mathias Collins y Liam Carter.

Josie frunció el ceño cuando pronuncié ese último nombre, pero traté de ignorarlo.

—Vale, iremos por orden. Sandra... —se paró a pensar—. Probablemente estén ahora en el laboratorio. Vamos a mirar allí.

Emprendió la marcha y yo la seguí. No tenía ni idea de dónde estaba el laboratorio del instituto, así que me alegré de no ir sola. Recorrimos los pasillos, ahora vacíos, ya que todos los alumnos habían vuelto a incorporarse a sus clases. Una corriente de aire frío hizo que me encogiera dentro del fino jersey rosa.

Josie se paró delante de una puerta con el símbolo de un microscopio. Había una pequeña ventana en la parte superior de la puerta por la que espió durante un par de segundos.

—Sí, creo que dos de ellos están aquí.

¿Habría acudido Liam a clase? ¿O simplemente se trataba de los otros dos?

—¿Las tienes? —me preguntó, tendiendo la palma de la mano hacia mí.

—Sí —respondí, pasándole las tres invitaciones.

Ella las cogió y llamó a la puerta justo antes de abrirla. Me fijé en cómo Josie interrumpía la clase con mucha profesionalidad y hablaba unos segundos con Mathias y Sandra. Poco después, volvió a salir.

—Oye, Josie, una pregunta... —le dije cuando volvió de nuevo al pasillo—. ¿Por qué tenemos que entregar solo estas tres y no el resto? Quiero decir, también vamos a tener que repartir las otras, ¿no?

Ella me sonrió y me respondió enseguida:

—¡Ah! Eso es porque se trata de gente que no se ha apuntado directamente a la fiesta, por eso las entregamos en mano, para asegurarnos de si van a venir o no. Siempre hay gente que estas cosas... ya sabes, se les olvida poner su nombre en la lista o pasan de hacerlo... pero luego quieren venir. El resto las recogerán en secretaría cuando terminen las clases, es lo que hacemos siempre con cada evento.

Hizo girar la última invitación entre las manos. Las letras doradas que formaban el nombre de Liam Carter brillaron.

—¿Esa no vamos a entregarla? —pregunté.

A veces, cuando pensaba en él, me obligaba a mí misma a cambiar de tema o a fijar mi atención en otra cosa porque me sentía mal. Sin embargo, en ocasiones no podía evitar querer saber más de él, a pesar de nuestro último encuentro. Liam Carter era una persona que parecía esconder muchos secretos, pero, en el fondo, era un chico dulce y sensible. Por lo menos esa era la percepción que se me había formado en la mente sobre él tras las dos reuniones del grupo de apoyo y nuestra conversación al borde del acantilado.

—Ah, no te preocupes por esta —me dijo Josie—. Ya iré yo a dársela a su casa.

En ese instante me di cuenta de que aquel era el momento perfecto para soltar la pregunta que tanto tiempo llevaba haciéndome.

—¿Por qué no viene a clase?

No hizo falta que dijera su nombre, porque las dos sabíamos de quién estaba hablando. Desde que habían empezado las clases en el instituto, no se habría pasado por aquí más de tres o cuatro veces, incluyendo la de nuestra discusión en la puerta.

—No lo sé, la verdad —respondió con sinceridad—. Se rumorea que tiene problemas en casa, por eso tuvo que repetir curso, aunque esta segunda vez tampoco es que vaya muy bien encaminado...

Me quedé en blanco cuando oí sus palabras. Era consciente de que Liam aparentaba tener más edad que el resto de la clase, pero no habría imaginado que era porque tenía un año más que todos los alumnos del último curso.

—Oye, Emily —siguió diciendo Josie, al ver que me había quedado en silencio—. ¿Te importaría ocuparte tú de dársela en persona? Iría yo misma, pero ya has visto cómo vamos por aquí... Te puedo dar su dirección o su número de teléfono para que quedes con él. La verdad, me salvarías la vida, porque vamos a contrarreloj y si tengo que llevársela después de que terminen las clases no me dará tiempo a estar dos horas antes para ultimar los preparativos. Perdona que te pida algo así, no lo haría si no fuera cuestión de vida o muerte.

—Claro, no te preocupes —contesté al instante.

No me arrepentí de haber respondido afirmativamente, sino de haberlo hecho sin pensar. Ahora tendría que enfrentarme a tener que dar la cara después de mi huida del otro día. ¿Y si me hacía lo mismo que había hecho yo con una de mis antiguas amigas de Sacramento hacía apenas una hora, ignorarme por completo? Algo que, en parte, me merecía, después de cómo lo había tratado en el acantilado. ¿Y si pensaba que estaba loca por plantarme en la puerta de su casa sin avisar? No sabía cuál de las dos opciones era peor. Aun así, decidí hacerlo. Si lo pensaba bien, sería una oportunidad para pedirle perdón y volver a vernos a solas.

Josie me abrazó tres veces seguidas mientras me daba las gracias y volvíamos juntas a la sala de delegados, donde pasé el resto del tiempo hasta que hubo que volver a clase. En aquellas últimas dos horas no pude concentrarme en nada más que en lo que tenía que hacer cuando saliera del instituto. Le escribí a mi madre para avisarla de que me retrasaría, y nada más terminar la última clase, me aseguré de que llevaba la invitación en la mochila y pedaleé con nerviosismo hasta llegar a la dirección que Josie me había facilitado.

*—¡Aria!*

*Harry intentaba llamar la atención de su novia gritando su nombre, pero la canción que sonaba de fondo estaba demasiado alta y ella demasiado borracha. Aria se había subido encima de una mesa, y sus tobillos, sujetos por las finas tiras de sus zapatos de tacón, peligraban cada vez que daba un salto al ritmo de la música. Parecía que en cualquier momento iba a pisar mal y torcérselos, pero afortunadamente los zapatos resistieron. Su pelo castaño le rozaba los hombros cada vez que se movía, y el sombreado que se había hecho en los ojos hacía que llamaran muchísimo la atención. Era casi imposible desviar la mirada una vez que te cruzabas con ellos. El tono de verde era el mismo que el mío, pero sus dotes para maquillarse me dejaban siempre en un segundo plano.*

*—¡No te preocupes, ya bajará cuando se canse! —grité intentando que mi voz se oyera por encima de la música.*

*Harry miró de nuevo a Aria y después a mí, y se encogió de hombros.*

*—Como siga dando esos saltos, acabaremos en urgencias con una pierna rota.*

*La mejor amiga de mi hermana se subió también a la mesa y se unió al baile improvisado levantando en el aire su bebida. Harry volvió a observarla, preocupado. Aria había cerrado los ojos y movía la cabeza peligrosamente hacia los lados.*

*—¿Qué tal todo por el instituto?*

*No pude evitar reírme cuando Harry, el novio de mi hermana, me preguntó eso. Era algo que siempre ocurría en todas las fiestas en las que coincidíamos: Aria bebía más de la cuenta y pasaba de nosotros. Pero no se iba con otro grupo de gente, sino que se ponía a bailar sola ignorando al resto del mundo, como si no existiera nada más que ella y la música. Por eso siempre me tocaba dar conversación a Harry, para que no se sintiera apartado. Él no tenía confianza con nadie más de nuestro grupo de amigos, solo conmigo.*

*—Todo bien, ¿y tú? —respondí, intentando hacerme oír.*

*El chico iba a otro instituto diferente, bastante alejado del nuestro. No estaba acostumbrado al nivel de vida que llevábamos nosotras: su plan ideal era quedar con sus amigos y tomar unas cervezas en un bar, para después volver caminando a casa. En nuestro caso, cada vez que salíamos pagábamos la entrada a la discoteca, la bebida y los taxis para ir y volver. Cuando Aria conseguía convencer a Harry para que viniera con nuestro grupo, siempre se quedaba un poco apartado, y recurría a mí para que le amenizara la tarde hasta que cerraran el local.*

*Nos apartamos del bullicio de la fiesta, buscando un lugar más tranquilo. El salón era el epicentro de la celebración del cumpleaños de un chico de nuestro grupo, así que decidimos refugiarnos en la cocina. Había un montón de vasos y recipientes medio llenos de bebida y comida abandonados por ahí. La luz de la campana extractora era la única que iluminaba la estancia.*

*Nunca imaginé las veces que reviviría esa escena en mi mente. Una por cada vez que me arrepentí de lo que sucedió cuando Harry y yo nos quedamos solos.*

# 7

Cuando Google Maps me avisó de que estaba a punto de llegar a mi destino, me di cuenta de lo poco que sabía sobre Liam Carter. Era el miembro más reservado del grupo de apoyo, por lo que no hablaba mucho, y si aportaba algo, solía ser breve y conciso. Lo único que podría decir sobre él si me preguntaran sería que apenas asistía a clase, a pesar de estar matriculado en el instituto, y que tenía problemas familiares. Esto último lo sabía por sus escasas confesiones en el grupo de apoyo y por los comentarios que Josie y Lorenzo habían dejado caer en un par de ocasiones.

Hacía apenas unas horas me había enterado de que tenía cuatro hermanos y de que vivían con su padre en una casa a las afueras de Crescent City. Y eso era todo. Nada más.

Conforme iba disminuyendo la velocidad al acercarme a su casa, fui consciente de que me estaba aproximando al océano, porque se oían las olas de fondo y la humedad se sentía con más fuerza que en el centro de la ciudad. Me alegré de haberme recogido el pelo en una coleta alta porque, si no, lo más probable hubiera sido que hubiese adoptado la apariencia de una peluca que había sido peinada demasiadas veces hasta adquirir un volumen monumental.

Solo eran las cinco y media de la tarde, pero ya se podía ver como el sol bajaba poco a poco en dirección al horizonte, amenazando con desaparecer. Tuve que comprobar dos veces que me encontraba en el lugar adecuado. La casa de Liam estaba apartada del centro de la ciudad, muy cerca del puerto. Lorenzo me había dicho en alguna ocasión que en el puerto solamente vivía la gente que trabajaba en esa zona, y que tenía mala fama en general. Sin embargo, a mí me pareció una zona preciosa.

Se respiraba un ambiente de tranquilidad absoluta, acompasada por el sonido de las olas y los graznidos de alguna gaviota que sobrevolaba los pequeños barcos del puerto en busca de algo que comer. La casa, pintada de blanco, tenía un aspecto bastante descuidado. Estaba rodeada por una verja, con unos setos que medían casi un metro de alto. La humedad había hecho que se desconcharan algunas zonas de las paredes y que los marcos de las ventanas estuvieran oscurecidos. El césped crecía a sus anchas, dando la impresión de que nadie vivía en esa casa. Aun así, había luz en su interior, y se veía una ventana abierta en el piso de arriba.

Dejé la bicicleta apoyada en la verja y le puse el candado. No me di cuenta de que estaba nerviosa hasta entonces. ¿Qué me estaba pasando? Solo tenía que llamar a la puerta, tener un poco de suerte para que fuera Liam quien me abriera, y entregarle el sobre. Aunque, en realidad, las probabilidades de que me encontrara con él era de una entre seis. Tomé aire un par de veces y lo solté. Después, cuando me sentí más confiada, caminé con paso rápido, acercándome a la entrada de la casa de dos pisos. Esquivé un par de zonas en las que la hierba había invadido las piedras que marcaban el camino hasta la puerta y estiré la mano para llamar. Pero antes de que mis nudillos tocaran la madera, oí unos gritos.

Di varios pasos atrás instintivamente, metiéndome sin querer entre los arbustos. Me quedé quieta, como si fuera un animal que hubiera oído un ruido en mitad del bosque que le hiciera augurar que estaba siendo perseguido. Sin embargo, en los siguientes segundos no volvió a repetirse. Miré el móvil, sin saber qué hacer, hasta que lo volví a oír. Una voz masculina estaba gritando con todas sus fuerzas en el interior de la casa. Otra le respondía, pero en un tono más bajo. Por cómo sonó, quien elevaba la voz parecía ser el padre. Una tercera persona intervino en la discusión y sentí que cada vez se acercaban más hacia la puerta. Al principio no podía distinguir lo que decían, pero de pronto comencé a entender algunas palabras y frases sueltas. Estaban discutiendo por algo que un tal Albert había vuelto a hacer, y que no pensaba disculparse por ello.

De pronto, la puerta retumbó, como si alguien le hubiera dado un golpe o hubiera chocado contra ella. Pensé en salir de ahí para no tener que presenciar ninguna escena que no fuese de mi incumbencia, pero mis piernas tardaron en reaccionar. Di unos pasos en dirección contraria y, cuando oí que el pomo se movía, eché a correr. Mientras me alejaba, no pensé en nada más que en que no me vieran. Me escondí justo donde había dejado la bici, detrás del seto, para que no pudieran verme desde la puerta de la casa.

En ese instante, alguien salió al exterior. Se oyó un golpe seco, como si esa persona hubiera golpeado el suelo con fuerza con el zapato, y soltó varios tacos en voz alta. Por un momento pensé en que tendría que haber dejado el sobre en la puerta e irme, pero luego me di cuenta de que quizá eso le habría traído problemas a Liam.

—¿Quieres que un día de estos te revienten la puta cabeza?

Me quedé congelada, sin moverme. No sabía si aquellas palabras iban dirigidas a mí o a otra persona, pero no quería descubrirlo. Cerré los ojos, como si eso fuera a ayudarme a pasar desapercibida. Estaba segura de que en ese momento no podían verme, pero quizá me habían pillado cuando intentaba esconderme.

—¡Contéstame, gilipollas!

En esta ocasión alzó mucho más la voz, pero esta se dirigía al interior de la casa. Oí unos pasos lejanos y otra persona se asomó a la puerta.

—¿Quieres volver a entrar?

Esta era más grave y autoritaria que la primera, pero las dos tenían al mismo matiz de enfado.

—¿O qué? —replicó el primero.

Siguieron intercambiándose advertencias poco amigables, y aproveché que estaban gritando para moverme e intentar ver algo de lo que estaba ocurriendo entre las hojas del seto. Quería pasar totalmente inadvertida y, en cuanto aquello terminara, marcharme. Lo más probable era que Liam no estuviera interesado en acudir hoy a la fiesta de bienvenida del nuevo curso, ya que apenas había pasado por clase desde que este empezó, así que no le importaría que no le diera la invitación. No obstante, era incapaz de moverme.

Aproveché un hueco entre los arbustos para mirar qué estaba ocurriendo. Dos chicos de la misma edad, o quizá algo mayores que Liam, discutían de forma cada vez más acalorada. Me fijé mejor en el que estaba a la izquierda. Era más alto que el otro y tenía la barba perfectamente recortada, a diferencia del césped del jardín de la entrada de su casa. Y cuando me fijé en el otro, me di cuenta de que era Liam Carter.

No tenía muy buen aspecto. Su cara estaba roja, probablemente de gritar, y apuntaba con el dedo al que tenía enfrente, como acusándolo de algo. El otro tenía que ser el hermano, ya que se parecían un poco y era demasiado joven para ser su padre, a pesar de que le sacara varios centímetros de altura.

—No vuelvas a meterte en esto —amenazó a Liam de nuevo—. Lo que haga o deje de hacer es cosa mía. Alégrate de que tienes un lugar donde vivir, porque si todo esto existe es por algo.

Oí claramente lo que habían dicho, pero no entendí a qué se referían. Liam le contestó algo que no llegué a oír, lo que pareció enfurecer más todavía a su hermano. Levantó los brazos al aire, intentando reprimir la rabia, pero no pudo contenerla. De pronto, se abalanzó sobre Liam y le estrelló el puño en la cara.

—¿Eres idiota? ¡Vuelve a decir eso y te mato! —gritó mientras Liam se cubría el rostro con las manos—. No me mires nunca más a la cara a no ser que sea para darme las gracias por todo lo que estamos haciendo por ti, desgraciado.

El agresor entró en casa y cerró la puerta de golpe, sin esperar respuesta. Por un segundo pensé que la había roto. Esperé unos instantes sin moverme del sitio, y vi como Liam se frotaba la cara y se miraba las manos. No pareció sorprenderse al ver sangre entre sus dedos.

Me puse de pie con un gesto rápido. Dentro de mí había nacido una impotencia enorme al ver cómo le gritaban a Liam y lo agredían. Lo había presenciado todo, y no había hecho absolutamente nada. Di un paso para cambiar el peso de una pierna a la otra, pero el crujido de la gravilla me delató. Carter se giró como un resorte, y sus músculos se contrajeron al verme.

Ninguno de los dos nos movimos. Permanecí en el sitio, nerviosa, sin saber si decir algo o simplemente salir de allí, así que opté por la segunda opción, pues parecía ser lo único que sabía hacer cuando detectaba un problema: huir. Di tres pasos torpes y comencé a soltar el candado de la bici, lo até alrededor del cuadro y monté en el sillín. Sentí que los colores se me subían a la cara, pero eso no evitó que comenzara a pedalear para alejarme cuanto antes. Cuando apenas había recorrido cinco o seis metros, oí mi nombre.

Frené, apoyando la pierna derecha en el suelo, y me di la vuelta. En el centro de la calle estaba Liam, mirándome fijamente. Todavía le sangraba la ceja, pero no hacía nada por evitar que las gotas de sangre siguieran salpicando su camiseta.

Bajé de la bici sintiéndome fatal. Por haberlo presenciado y por haber huido como una cobarde. Vi como caminaba hacia mí. Esperé quieta, nerviosa. Era consciente de que había visto más de la cuenta, y de que aquello no le habría gustado nada a Carter. Pensé en qué decir mientras recorría los últimos metros que nos separaban, pero cuando fui a abrir la boca para pedirle perdón, no me dio tiempo a articular palabra. Él, simplemente, me abrazó.

Permanecimos casi un minuto en silencio, pero me pareció eterno. Sentí el peso de la bici, apoyada en mi cadera, y el corazón de Liam palpitando muy rápido.

—Lo siento por todo... —empecé, sin saber muy bien qué decir.

Ahora, que todavía seguía en sus brazos y no podía verme la cara, me sentía más confiada para hablar. Él bajó la cabeza y apoyó los labios contra mi pelo. Después, los apartó para apoyar la mejilla, y dijo:

—Como habrás visto... —hizo una pausa leve— ... mi apellido no es algo de lo que me enorgullezca.

No quise decir nada. Cogí aire y lo solté, liberando la tensión que mi cuerpo había acumulado en los últimos minutos.

—Siento que hayas tenido que ver todo esto —susurró.

En ese momento me di cuenta de cuántas cosas no había compartido con el grupo de apoyo. Sabía que tenía mala relación con su familia, pero no que alcanzara este punto. No quería ser yo quien le dijera que tenía que parar aquello, porque probablemente él lo sabría de sobra, y por eso comprendí el motivo de su asistencia a las sesiones en el hospital. En su casa había algún problema lo suficientemente grave para que las discusiones alcanzaran el maltrato físico y psicológico.

—Liam..., no tienes que disculparte... Debería ser yo la que te pidiera perdón. Por haberme marchado el otro día en cuanto me entró el pánico al oír las verdades que dijiste. Por estar a punto de hacer lo mismo hoy si no me hubieras llamado. Por haber presenciado...

—No te preocupes, Emily —respondió al instante—. Olvídalo, de verdad.

En ese momento se separó de mí. Pude ver de cerca la herida que su hermano le había hecho en la ceja. La sangre señalaba el lugar exacto en el que había recibido el golpe.

—Es probable que necesites puntos.

No tenía ni idea de medicina, pero la ceja no tenía buena pinta. La sangre no paraba de brotar, por más esfuerzos que hiciera apretándose la herida con la mano. Hilillos de sangre caían entre sus dedos, por el dorso de la mano, y goteaban sobre la gravilla del camino.

La apartó para limpiársela en la camiseta y la colocó de nuevo sobre el lugar de la herida, sin parar de hacer presión.

—No, tranquila, ya se va pasando —me aseguró.

Quise insistir, pero vi que estaba demasiado agotado para seguir hablando. Sus ojos estaban enrojecidos y tenía cara de haber pasado toda la noche sin dormir. Su mirada, que normalmente denotaba curiosidad, estaba rodeada de unas profundas ojeras de una mezcla de azul oscuro y morado.

—¿Has venido por... algo? —titubeó.

En ese instante me di cuenta de que se me había olvidado por completo lo de la invitación. Estuve a punto de no decirle la verdad, porque pensé que el sobre sería lo último que querría ver en aquel momento.

—Nada, te traía la invitación a la fiesta de esta noche... pero no hace falta que vayas, de hecho, yo ni siquiera sé si voy a ir...

Sin embargo, mi plan no funcionó.

—Emily, has estado organizándola —me pilló Liam.

Lo miré con cara de curiosidad.

—¿Qué? —dijo él, riéndose. Su expresión cambió por completo, y le sonreí—. En serio, agradezco un montón que intentes animarme. No pasa nada, me apetece ir, así que allí estaré.

Me guiñó el ojo y sentí como las mejillas se me encendían porque me había pillado mintiendo para que no sintiera presión por ir a la fiesta. No sabía por qué lo había hecho, supuse que para hacerlo sentir mejor. Por lo menos, aunque hubiera quedado en evidencia, lo había conseguido.

—Bueno, pues nos vemos allí... pero cuídate esa herida, por favor. Si ves que sigue sangrando, deberías ir al hospital —fue lo único que se me ocurrió decirle.

Él asintió con la cabeza, haciendo como que iba a seguir mi consejo, aunque enseguida me di cuenta de que no lo haría. Si acudía a urgencias con una lesión así, y era algo que se había repetido en el tiempo, la gente empezaría a hacerse preguntas. De hecho, ya corrían rumores, de manera que no me hubiese extrañado nada que por ese motivo Liam se negara a ir al hospital.

Lo miré por última vez, fijándome de nuevo en la herida que tenía en la ceja y en la sangre que, poco a poco, empezaba a secarse a su alrededor. Monté en la bici y me marché sin mirar atrás con la imagen de Liam clavada en mi retina.

*No era la primera vez que me hacía pasar por ella. Me pinté los ojos con el mismo esmero con el que Aria lo hacía todos los días. Cambié mi ropa colorida por otra con tonos más oscuros, e incluso le cogí una cazadora que solía llevar a clase para ponérmela yo. Me miré un par de veces al espejo antes de salir y sonreí con satisfacción. Si ella lo había hecho alguna vez, ¿por qué no yo? Después de que se burlara de mí en una fiesta vistiéndose como yo, ahora me tocaba a mí devolverle la jugada. Aunque de una manera bastante distinta. En esta ocasión, al igual que había hecho otras veces a escondidas, quería que me confundieran con ella.*

*Salí de casa sin que nadie me viera. Mis padres estaban trabajando y Aria había quedado con unos amigos de un grupo distinto al de clase. Sabía que nuestros compañeros del instituto estarían en el bar de siempre tomando algo, así que me enfundé el abrigo, me volví a peinar para que mi pelo ondulado no me delatara, y salí a la calle.*

*Me gustaba sentirme diferente, aunque por dentro fuera la misma persona. Hacerme pasar por Aria me hacía sentir viva. Siempre que lo había hecho, veía el mundo de otra manera, mucho más misterioso, más adictivo. Sin embargo, aquella ocasión fue diferente. Era la primera vez que iba a infiltrarme en el grupo de amigos simulando ser ella. Parecía un plan perfecto.*

*En realidad, salió exactamente como esperaba, pero lo que oí aquella noche se quedó grabado para siempre en mi mente. No se me ocurrió pensar en las consecuencias de que la gente realmente me con-*

*fundiera con mi hermana, y lo que ocurrió fue que descubrí algunas verdades que hubiera preferido no haber oído nunca.*

*«Oye, Aria, ¿dónde has dejado a tu hermana la rarita?»*

*«Tía, aunque vistierais las dos igual, os distinguiría enseguida. No sé, tú tienes algo que a Emily le falta.»*

*«¿Por qué no le dices a Emily que cambie un poco su vestuario? ¡Parece que haya salido de una convención de payasos!»*

*Lo peor de todo no fue oír esos comentarios entonces, cuando Aria estaba viva, sino soportar su falsedad cuando Aria desapareció.*

# 8

Lo último que esperaba recibir aquella tarde era un mensaje de Liam. Cuando fui a desbloquear el móvil para hacer tiempo mirando Twitter, vi el aviso. Abrí la aplicación para verlo por completo, no solo la primera parte, y ahí estaba. Supe que era suyo porque me lo decía, y estuve durante un largo rato pensando cómo habría podido conseguir mi número, si yo no se lo había dado. Si no recordaba mal, nunca lo habíamos intercambiado en el grupo de apoyo, y en el resto de las veces que lo había visto tampoco se lo había dado.

Liam no decía nada en especial, solo me informaba de que acudiría esta noche a la fiesta y de que la herida de la ceja estaba mejor, que no había ido al hospital porque había dejado de sangrar enseguida y no había necesitado que le pusieran puntos. Me alegré de leer eso último, porque me había quedado un poco preocupada por haberlo dejado así, a pesar de que él insistiera en que se encontraba bien. También me había puesto varios corazones de distintos colores al final. No pude evitar responderle para adivinar cómo había conseguido mi número de teléfono. Pero no se lo pregunté de forma directa. En su lugar, escribí: «Ya sabes lo que te voy a preguntar, dime cómo lo has hecho, Sherlock», seguido de un emoticono de una mujer con un atuendo de detective. No tardó más de un minuto en conectarse, leerlo y responderme con un «Yo solo sé que te espera un interrogatorio por parte de Lorenzo cuando te vea...».

Abrí mucho los ojos y la boca. Madre mía. Me imaginaba a Lorenzo haciendo aspavientos cuando Liam Carter le escribió para pedirle mi número. Conociéndolo, estaría deseando pillarme desprevenida para, como había dicho Liam, hacerme un interrogatorio sobre por qué quería mi número de teléfono. Me reí sola y le contesté con un montón de monitos que se tapaban los ojos.

Dejé el móvil en la cama y me levanté para empezar a arreglarme. Si permanecía un minuto más allí tumbada, me quedaría dormida, de manera que tenía que ponerme en marcha con urgencia para no llegar tarde.

No tuve que pensar dos veces lo que iba a ponerme aquella noche. Tenía el vestido preparado desde que Lorenzo me habló por primera vez de la fiesta. Si no hubiera conocido al grupo de delegados y hubiéramos congeniado tan bien, probablemente no habría aparecido por ahí en toda la noche. No obstante, como enseguida me sentí cómoda entre ellos, tenía que admitir que estaba emocionada por acudir. Las miradas, los cuchicheos y los codazos seguían repitiéndose en el instituto, pero cada vez iban a menos.

Observé el vestido amarillo que colgaba del pomo de la puerta, esperando al momento de la fiesta, que se acercaba a cada paso que daba el reloj. Me encantaba ese color, sobre todo porque era el mismo tono que el que llevaba Emma Stone cuando hizo de Mia en *La La Land*, mi película favorita. No tenía que preocuparme por qué maquillaje llevar, ya que había dejado de utilizarlo en los últimos meses. A veces me ponía un poco de rímel porque me gustaba, pero siempre que podía lo evitaba. Ya no solo porque no necesitara llevarlo para sentirme bien, sino porque implicaba tener que mirarme al espejo. Y eso era algo para lo que seguía sin estar preparada.

—¡Emily! ¿Necesitas ayuda? —gritó mi madre desde el salón al oír que me había levantado de la cama. El suelo de parqué que teníamos en la nueva casa delataba cada movimiento que hacíamos.

Una de las cosas que más ilusión me hacía de aquella fiesta era que, por primera vez desde la desaparición de mi hermana, veía a mi madre emocionada por algo. No sabía exactamente por qué, pero cuando salía aquel tema de conversación, esbozaba una sonrisa sincera, y podía ver que sus ojos hasta brillaban. Y eso no pasaba desde hacía mucho tiempo.

—¡No, estoy bien! —respondí, aunque al instante lo repensé y traté de buscar cualquier excusa para incluirla en los preparativos—. ¡Bueno, ven!

Mi madre tardó menos de diez segundos en aparecer en la puerta de mi cuarto.

—Vas a llevar este vestido, ¿verdad? —me dijo señalándolo.

Asentí.

Eleanor Jones, ahora Eleanor Bruneau, porque había recuperado su apellido de soltera, se sentó en la cama de mi habitación mientras le tendía el vestido. Lo puso en su regazo, pasándole cuidadosamente la mano para asegurarse de que no tuviera ninguna arruga.

Mi madre llevaba puesto un chándal, su atuendo habitual cuando estábamos solas en casa. Había conseguido un trabajo dando clases particulares de francés en nuestro salón. Al principio fue muy complicado para ella conseguir alumnos, sobre todo en una ciudad como Crescent City, pero con el tiempo había formado un grupo de ocho personas que venían todos los martes, miércoles y jueves a aprender francés. Era un grupo de chicas, sobre todo, que no tendrían más de catorce años.

En Sacramento, mi madre era profesora en un instituto que había cerca de nuestra casa, no al que íbamos Aria y yo, y tenía experiencia en la profesión. Ahora que trabajaba por su cuenta, aplicaba su propio método de enseñanza dando clases particulares. Con ese dinero pagábamos el alquiler y los gastos básicos. Vivir en aquella ciudad no era caro, y nosotras no nos dábamos caprichos.

—¿Seguro que no quieres maquillarte un poco? Aprovechando que vas de amarillo, podrías...

—Mamá... —empecé, y no hizo falta que dijera nada más. Ya sabía que su insistencia era en vano, pero siempre lo intentaba.

Las dos nos miramos sabiendo perfectamente lo que hacía sentir cómoda a la otra: a mi madre no le costaba hacer como si Aria siguiera allí, y sin embargo a mí me dolía mirarme en un espejo con un aspecto que se le acercara lo más mínimo.

—Emily, sé que no está, pero no tenemos que pensar en que no va a volver. —Había escuchado aquello muchas veces—. Me gusta verte maquillada, me recuerda a Aria y sé que también le gustaría. Aunque perdóname si mi obsesión no te permite seguir adelante.

Me dirigí hacia ella y la cogí de la mano, hacía tanto que no teníamos un acercamiento hablando de temas que nos dolían que sentí algo de paz instalarse por toda la casa.

—No te preocupes, mamá. —Aguanté el aire en los pulmones y a continuación lo expulsé—. Espero que tengas razón. Y ahora me gustaría...

—Vale, no digo nada más —respondió, haciendo un gesto con la mano como si se estuviera cerrando la boca con una cremallera invisible—. ¿A qué hora es? ¿Necesitas que te lleve en coche?

No me había sentido tan incómoda como otras veces, no había tenido ganas de llorar y me gustó ver de nuevo las sólidas esperanzas de mi madre aunque al resto nos fallaran las fuerzas.

Miré el reloj, preocupada por si acaso iba mal de tiempo, pero todavía quedaba una hora.

—Pues... los delegados han quedado antes, pero yo acudiré cuando empiece, sobre las ocho, porque me han insistido en que ya estaba casi todo listo y que no necesitaban ayuda. Oye, ¿qué zapatos me pongo?

—¿Los negros? —propuso mi madre.

—No, no, que esos me hacen un poco de daño y tengo que aguantar muchas horas de pie —le respondí—. Prefiero algo más plano, aunque si tiene un poco de plataforma, mejor.

Revolví el armario donde guardaba los zapatos. La mayoría eran sandalias de verano, pero encontré unos naranja que pegaban bastante bien con el vestido.

Algo que mucha gente me había reprochado desde que desapareció mi hermana era el hecho de que siguiera llevando tantos colores en la ropa. Como si cuando te pasaba algo grave tuvieras que cambiar tu armario entero solo para reforzar la idea de que estabas triste. Había algo que tenía muy claro desde el principio: lo que se veía por fuera nunca era lo que se llevaba en el interior. Una persona podía vestir de miles de colores y, al mismo tiempo, que la depresión intentase arrastrarla a lo más profundo de un agujero negro.

*Todavía no sabía por qué había decidido salir en su busca aquella tarde. Habían pasado poco más de veinticuatro horas desde la desaparición de Aria, pero la situación en casa era insoportable. Mi madre nos obligaba a permanecer en silencio por si acaso sonaba algún aparato que nos llevara a ella: nuestros móviles, el fijo o, simplemente, el timbre de la puerta principal.*

*Tampoco quise dar un paseo para despejarme. En la habitación no paraba de darle vueltas a las cosas, y no podía permanecer más de cinco minutos porque entorpecía las labores de investigación de la policía o había peligro de que tocara algo que podía ser una pista. La agente que lideraba la búsqueda de mi hermana gemela fue quien me animó a salir, pero yo no estaba del todo convencida. Aun así, lo hice.*

*Lo hice porque tenía la esperanza de encontrarla en los lugares que ella frecuentaba. El bar donde servían su cerveza favorita, el sitio al que siempre iba cuando estaba triste. Mis padres ya habían estado allí sin éxito. La heladería donde trabajó un par de semanas antes de que la echaran por enrollarse con otro trabajador de la empresa había cerrado recientemente. El colegio estaba siendo investigado en esos momentos a fondo por la policía. El coche de mis padres seguía en nuestro garaje, en su sitio, sin ningún rastro ni pista concluyente.*

*Y solo al dar unos pocos pasos por el exterior, intentando pensar en algún sitio que estuviéramos pasando por alto, me di cuenta de que había cometido un error. Todo el barrio había sido empapelado con carteles con su foto. En la parte superior destacaba el habitual «SE BUSCA» y «DESAPARECIDA», acompañado por una descripción en el pie de foto de la ropa que llevaba Aria el día anterior, así como los teléfonos de contacto de la policía en caso de tener pistas sobre su paradero. Se me heló el corazón en el pecho, y unos segundos más tarde empezó a bombear con fuerza.*

*Era real.*

*Hasta entonces, la desaparición de mi hermana había sido como un sueño del que todavía no había despertado. Como unas horas frenéticas demasiado irreales para estar sucediéndome a mí. Pero, viendo esos carteles repartidos por la calle, sentí que había ocurrido de verdad.*

*Mi respiración se desacompasó y me acerqué a un banco para sentarme. Tenía ganas de llorar, pero lo había hecho tanto en las últimas horas que por más que sollozaba no brotaba ni una sola lágrima. Sentí que los ojos me ardían y, gimiendo, enterré la cara entre las rodillas. No sé cuánto tiempo estuve así, a escasos metros de mi casa, hecha una bola en mitad de la calle. Cuando recobré la compostura, me dolía el pecho y respirar normalmente parecía la labor más difícil del universo.*

*Aquella fue la última vez que fui capaz de salir al exterior en Sacramento. Desde entonces me encerré en mi habitación y le di la vuelta al espejo para no verme nunca más. Ni a mí ni a ella.*

# 9

El coche de mi madre frenó en la entrada del antiguo Ayuntamiento. Aquel edificio estaba pintado de color crema, tenía dos plantas y la fachada estaba decorada con seis columnas, tres a cada lado de la entrada. En la puerta ya había un grupo de gente congregado, hablando entre ellos. No me di cuenta hasta entonces de que había estado moviendo las piernas arriba y abajo durante todo el trayecto, fruto de los nervios, sin saber muy bien por qué.

Me despedí de mi madre y saqué un pie del coche y después el otro, sin poner mucho cuidado en si se me abría el vestido mientras lo hacía. Cerré la puerta con un golpe más fuerte de lo necesario y rodeé por detrás el vehículo, caminando en línea recta hacia la entrada. Iba tan concentrada que no me di cuenta de que alguien se colocaba a mi lado hasta que me tocó el antebrazo.

—¡Ay, hola! —exclamé, saludando a Cora.

Estaba realmente increíble. Llevaba un vestido largo azul marino con piedras y transparencias que le quedaba impresionante. Me recordó a las típicas fotos que circulaban por internet en la que se enseñaba primero lo que se pedía en una tienda *online* y después lo que llegaba, una prenda al lado de la otra para compararlas y reírse de lo desastrosa que era en realidad. Aunque el atuendo de Cora se encontraba claramente en la primera categoría.

—¡Guau! Me encanta tu vestido —exclamó ella antes de que pudiera decir lo mismo del suyo.

—Y a mí el tuyo. Te queda fenomenal.

Cora me deslumbró con una sonrisa.

—¿Entramos? —le pregunté, moviendo la cabeza hacia la puerta.

—Oh, no, tengo que quedarme aquí porque estoy esperando a que traigan el hielo, que es lo único que falta. Pero ve entrando si quieres, ¡los otros ya están dentro! Bueno, casi todo el mundo. —Me guiñó un ojo y automáticamente supe por qué: Lorenzo se había ido de la lengua.

Asentí y la dejé atrás, caminando hacia el interior del edificio sin poder reprimir una risita. Lo iba a cortar en pedacitos en cuanto lo viera.

Por el camino reconocí a varios de mi clase y les sonreí tímidamente, sin atreverme a pararme a hablar con ellos. En alguna ocasión había cruzado un par de palabras con algunos de ellos, pero por ahora solo tenía confianza con los delegados.

Nada más atravesar la puerta, me encontré con Josie.

—Señorita, prohibido el paso sin identificación —bromeó, haciéndome un gesto para que entrara—. Llegas pronto. Todavía no ha comenzado, pero como eres VIP te dejamos pasar.

—Qué boba... —susurré, y eché un vistazo a mi alrededor.

Aquel lugar era realmente increíble. La entrada parecía el vestíbulo de un edificio importantísimo. Todo era del mismo color que la fachada a excepción del suelo, que además estaba cubierto por una moqueta negra en algunas zonas. A la izquierda, una escalera pasaba casi desapercibida entre la decoración de los techos y las paredes. Justo debajo se encontraba un improvisado guardarropa, y había varios bancos y sillas desperdigados por la zona. A la derecha, mis compañeros habían colocado un montón de mesas llenas de comida y bebida todavía sin tocar. No me acerqué a ellas, pero enseguida me di cuenta de que no había alcohol. Según la ley, todavía no teníamos edad para beber, pero eso no quitaba que cada uno pudiera traerse su bebida alcohólica bajo su propia responsabilidad. Josie se encargaba de eso en nuestro grupo, pero tampoco me preocupé porque no tenía pensado beber mucho.

—¡Liam Carter! —gritó una voz inconfundible desde el piso de arriba.

Me volví para ver si había llegado, pero no estaba por allí. Lorenzo bajó la escalera de dos en dos, vestido con un traje elegantísimo y una pajarita amarilla, como si nos hubiéramos puesto de acuerdo para llevar el mismo color.

—¡Lorenzo! Te voy a matar —le dije.

Alrededor de nosotros solo había gente que conocía, y cuando los miré todos me sonrieron. Algunos hasta me guiñaron un ojo. No necesité un espejo para saber que me había puesto colorada.

Esperé a que llegara a mi lado para echarle la bronca.

—Te voy a matar —repetí, apuntándolo con el dedo.

—Oye, cariño, no me digas esas cosas. Algún día, cuando tengas una casa en la playa, tres hijos y un golden retriever te acordarás de que el tío Lorenzo te hizo un favor dándole tu número al tío más buenorro del instituto.

Abrí mucho los ojos, sin poder creer lo que estaba oyendo.

—En serio, no hay nada entre...

—Shhh —me interrumpió él, señalándome a su vez—. No hace falta que me des explicaciones. No estoy enfadado contigo, que lo sepas, porque ya sabía que era un heterazo... Pero bueno, si algún día da señales, dile que...

—¡Lorenzo! —Cora lo llamó reclamando auxilio. Iba cargadísima con tres paquetes de hielo gigantes—. Anda, déjala en paz y ayúdame con esto.

Él la siguió a regañadientes y ambos se fueron caminando en dirección a la mesa de las bebidas. A los pocos pasos, Cora se dio la vuelta y movió los labios, diciéndome en silencio que luego tenía que contárselo todo.

Intenté replicar, pero ya se había dado la vuelta de nuevo. Negué con la cabeza y me reí de lo tontos que eran los dos. Probablemente Lorenzo ya habría hecho correr una información que no era del todo cierta entre el grupo, por eso todos me miraban con una sonrisita pícara en los labios.

¿Tan solicitado estaba Liam? Como apenas había pasado por el instituto, no sabía cuál era la opinión que tenía la gente sobre él. Mi amigo tenía razón en que era guapo... ¿o no lo era? Me interrumpí a mí misma, planteándome si no sería verdad lo que Lorenzo pensaba que pasaba entre nosotros. ¿Habíamos tonteado o solo fue la típica conversación entre amigos? Intenté borrar esas preguntas de mi cabeza, dado que había pasado mucho tiempo desde que decidí olvidar cómo se hacía eso.

Disfruté sintiéndome una más entre el grupo de delegados, a quienes ya podía considerar amigos. Yo no era una alumna precisamente popular, a pesar de que la gente conociera mi caso, sino más bien «la novedad».

Lorenzo dio comienzo a la fiesta, llamando a toda la gente que estaba fuera para que entrara justo cuando la música empezó a sonar. Alice había puesto una lista aleatoria de Spotify, y por los pequeños altavoces distribuidos por la sala se oían ya las canciones del momento. Reconocí a varios chicos que se sentaban detrás de mí en Historia, a dos chicas que iban juntas a todas partes de la clase de Cálculo, y a una con la que no coincidía en ninguna asignatura pero que, por el color azul intenso de su pelo, era imposible de olvidar. La había visto en alguna ocasión por los pasillos. No me encontré con nadie del grupo de apoyo, porque ninguno era de mi curso. En ocasiones me había cruzado en el instituto con alguno de ellos, pero solo intercambiábamos un saludo corto o un movimiento de mano a lo lejos, nada más.

Durante la primera hora, la gente fue llegando, acercándose a la mesa para entonarse. Muchas chicas habían optado por vestir con unos monos de tirantes que les llegaban hasta los tobillos, y la gran mayoría de los chicos llevaba traje. Lorenzo era el que más destacaba, con su pajarita de color amarillo. Me sorprendió que Liam no hubiera llegado, pero no me preocupé por eso. Si me había dicho que vendría, seguro que aparecería por la puerta en cualquier momento. A no ser que le hubiera pasado algo grave en casa...

Alejé esa idea de mi mente. No, lo más probable era que simplemente llegara tarde, y nada más.

Miré a mi alrededor para distraerme. Vi las primeras petacas, cuyo contenido se deslizaba de forma discreta en los vasos de refresco. Mis compañeros se fueron animando poco a poco. Josie me invitó a bailar en un par de ocasiones, y, cuando la zona de baile ya estaba ocupada por varias personas, me atreví a quedarme ahí un rato. La música mezclaba éxitos del momento con otros antiguos pero que todo el mundo conocía. Me alegré de que aquel lugar tuviera unos techos altos, porque no hacía excesivo calor.

—¿Vienes al baño? —me preguntó Josie—. Cora quiere retocarse la raya del ojo, que se le ha difuminado al frotárselo, y vamos todas las chicas.

—¡Vale! —respondí en voz alta para que se me oyera sobre la música.

Seguí a Josie a través de la multitud que se agolpaba en la pista de baile en la parte derecha de la sala, junto a las bebidas y la comida. Los dejamos a todos atrás y subimos al piso de arriba por aquella increíble escalera. Algunos chicos intentaron seguirnos, preguntándonos si se podía subir o la fiesta solo era abajo.

—Únicamente para ir al baño; todo el primer piso está cerrado. Nos dejan estar únicamente en la planta baja —les dijo Cora al grupo de chicos, y siguió caminando.

El baño no era gran cosa comparado con el resto del edificio. Era más bien alargado, con un lavabo pequeño y dos cubículos con retretes. A duras penas logramos meternos las cinco y tuvimos que apretujarnos un poco para poder cerrar la puerta detrás de nosotras.

—¿Qué tal está yendo todo, Lisa? —le preguntó Alice a otra chica.

Cora fue directa al espejo que había sobre el lavabo y sacó un lápiz de ojos de su bolso.

—Por ahora bien, aunque ha habido un poco de jaleo con la comida porque alguien la ha probado y la ha dejado mordida en la bandeja.

Alice bufó y yo me reí de las ocurrencias de la gente. No había probado todavía nada del *catering* que habían pedido, y ahora desde luego que no iba a hacerlo después de oír aquello.

—Bueno, ¿qué? —le preguntó Josie a Cora, sin que yo supiera muy bien a qué se refería.

—¿Qué de qué? —respondió ella, casi sin despegar los labios, concentrada en no equivocarse al pintarse la raya.

A Alice se le escapó una risita.

—Oh, venga —siguió insistiendo Josie—, ¿ha pasado algo?

Cora se alejó del espejo y la miró fijamente.

—No pongo los ojos en blanco porque se me subiría la raya al párpado —respondió, empezando a retocarse el otro ojo, aunque lo tenía perfecto—. Creo que con eso te respondo a todo.

Josie hizo el gesto del corazón con las manos y se colocó al lado de Cora para que lo viera mientras cantaba «Love is in the air» desafinando a más no poder.

—Oye, guapa, tú concéntrate en tu novia, que yo ya me ocuparé de lo mío.

—Uhhhhhh... —respondió Alice, dándose por aludida—. Venga, ¿no nos vas a dar ni siquiera un avance? ¿Ha habido algo? ¿Una pequeña mirada? —siguió ella, elevando el tono con cada pregunta.

—¿De qué estáis hablando? —pregunté, intentando no parecer entrometida, sino simplemente curiosa.

Nada más oír mis palabras, Cora se volvió hacia mí y me miró con una cara como si la hubiera traicionado.

—¿Quéeeeee? —exclamó Josie—. ¿No sabes nada del hombre misterioso?

—Te voy a odiar toda la vida por esto, Emily Jones —me amenazó Cora, apuntándome con el lápiz de ojos. Pero nadie le hizo caso, porque Josie ya había comenzado a contar la historia de que Cora estaba saliendo secretamente con alguien del curso, pero se negaba a decirles quién porque temía que se pusieran muy pesadas.

—No me parece justo, ¡tú sabes que Alice y yo estamos juntas! —insistió ella, pero no hubo manera de sacárselo.

—Bueno, quizá tú lo consigas —dijo Lisa, dirigiéndose a mí—. O te los encuentres por sorpresa. ¡Ojalá! La cosa es que llevamos todo este tiempo intentando pillarla desprevenida con su novio misterioso, pero nos lleva siglos de ventaja...

Miré a Cora con una sonrisa pícara.

—Jooo, venga —le insistí, aunque era consciente de que no tenía nada que hacer.

Ella me sacó la lengua y nos dio la espalda para salir del baño, pero antes de que abriera la puerta, Josie la interceptó.

—Oye oye, que nos queda un tema pendiente por hablar.

Josie movió las cejas de arriba abajo muy rápido, y la cara de Cora se iluminó. Adopté una expresión de falsa indignación al ver que, de pronto, la conversación había cambiado y ahora todas me miraban a mí.

—Pero ¿qué queréis saber? —respondí, riéndome, aunque realmente la respuesta era clara.

No me gustaba nadie. En aquellos momentos, no podía permitirme ni una sola pizca de sentimientos. Ni mi corazón ni mi cerebro estaban preparados. Quizá todos aquellos pensamientos se habían tambaleado en los últimos días... Sin embargo, me pareció mal ser una aguafiestas y decirles que me dejaran en paz, así que escuché todos sus comentarios.

—Yo digo que esta noche te besas con algún chico —saltó Josie, dando palmaditas de la emoción.

—¡Hala! —protesté—. ¡Sí que apuestas fuerte! Lamento decirte que no creo que ganes...

Alice pareció interesada en el rumbo de la conversación.

—¿Una chica, entonces? —preguntó—. ¡Va, esa es mi apuesta! Sea como sea, queremos beso.

—¡Sí! —la secundó Josie—. Pero tía, qué pasa, ¿no te has enterado de lo de Liam Carter?

—¿LIAM QUÉ? —gritó Alice, y su novia rápidamente la puso al día de todo lo que Lorenzo había ido cotilleando por ahí. Así, de paso, me enteré yo también, aunque me alegró saber que no distaba mucho de la realidad. Simplemente contó que Liam Carter le había pedido mi número para hablar de la fiesta de esta noche. Después, eso sí, él mismo se había montado sus propias telenovelas.

—Qué fuerte, tía, ¿por qué no me había enterado yo de todo esto? —se quejó Alice—. Bueno, aun así, mantengo mi apuesta: yo opino que mandas a la mierda a Liam y te enrollas con una chica.

Me encogí de hombros.

—Lo siento, Alice, pero creo que te puedo garantizar que vas a perder, porque soy hetero.

—¡Ja! ¡Eso nunca se sabe! —respondió ella, lanzando a su novia una mirada cómplice que no entendí.

Cora intervino en la conversación:

—Bueno, pues yo me la juego. Y digo que esta noche te besas con Liam Carter.

—¡Hala! —exclamó Josie.

—¿Qué pasa? —se defendió Cora, riéndose, y luego se volvió hacia mí—. Oye, yo no lo conozco mucho, pero si os gustáis... pues para qué esperar; en las relaciones no hace falta que haya amor para que haya contacto...

Me sacó la lengua y yo le hice lo mismo.

—Por favor, que alguien le quite la bebida a Cora —chilló Alice, y todas nos reímos—. Oye, Lisa, solo faltas tú por apostar.

Ella se llevó la mano a la barbilla.

—Pues... —empezó Lisa. De todas las chicas del grupo era con la que menos relación tenía, y quería aprovechar momentos como aquel para poder conocerla mejor—. Creo que me voy a decantar por que alguien te va a tirar la caña... pero lo vas a rechazar. ¡No digo nombres!

—¡Uhhhhh! —chillaron todas riéndose, hasta que un grupo de chicas de clase intentó entrar en el baño, pero éramos tantas allí dentro que no podían pasar. Nadie dijo nada y salimos en silencio, cada una con su apuesta.

—¡Esperad! —dije, justo cuando estábamos a punto de bajar la escalera—. No es justo, yo no he podido decir nada. ¿No puedo apostar yo también?

A todas les pareció buena idea, y escucharon con atención lo que tenía que decir.

—Bueno... Yo creo que hoy voy a salir de aquí igual que he entrado, porque no estoy interesada en ninguna relación por ahora.

¿Por qué no dejaba de repetirme lo mismo una y otra vez? ¿No sería porque estaba intentando interiorizar algo que sabía que no era del todo verdad?, pensé.

—¿Quién ha hablado de relación? —preguntó Josie mientras Cora decía al mismo tiempo que no participaba en las apuestas porque podría hacer trampa para ganar.

—¿Y cuál es el premio? —quiso saber Lisa, y nos quedamos en silencio, pensativas.

—No hay premio, boba, solo la satisfacción de haber acertado —le respondió Josie, le dio un codazo y comenzó a bajar la escalera, deseosa de echarse a bailar.

Y eso fue lo que hicimos durante la siguiente hora. Las canciones iban cambiando, la gente a nuestro alrededor iba y venía, algunos corrían a picar algo o a rellenar sus vasos de bebida, pero el ambiente se mantenía festivo. Acababa de regresar a la zona de baile con un refresco en la mano cuando vi que la puerta se abría y alguien entraba rápido, sin querer llamar la atención. Lo reconocí enseguida: era Liam.

Mi corazón latió con fuerza, no por el hecho de que hubiera venido, sino porque empezaba a ser obvio que quizá pensaba mucho en él, lo buscaba en el instituto, en el hospital y en la fiesta porque la curiosidad ya había comenzado a transformarse en algo más. Un millón de preguntas cruzaron mi mente. ¿Se acercaría a hablarme? ¿O haría como si no estuviera y me ignoraría toda la noche? Si me hablaba, ¿actuaría como si nada hubiera ocurrido? Y, lo que más me sorprendió: ¿por qué había seguido el protocolo de vestimenta? Me llamó la atención verlo en traje después de conocer su atuendo diario. Había pensado que vendría vestido como cualquier otro día, pero no fue así.

Sabía que si me quedaba donde estaba lo único que haría sería pasarlo mal pensando en qué ocurriría a continuación, así que quise evitar aquella situación y caminé en línea recta hacia él. No tenía nada por lo que estar nerviosa, me intenté convencer a mí misma, de manera que relajé los músculos de la espalda y lo saludé.

—Hey —dije, sacudiendo en el aire la mano que tenía libre.

—Vaya, me encanta el color de tu vestido, te queda genial —me respondió él a modo de saludo.

Intenté decir algo más, pero no se me ocurrió el qué.

—No puedo quedarme, solo he venido para cumplir con mi promesa —me informó—. Pero eso no me ha impedido ponerme traje, ¿eh?

Miró hacia abajo, señalando lo evidente, y no pude evitar reírme.

—Bueno, por ahora no te estás perdiendo gran cosa —le dije, intentando hacer que no se sintiera mal por llegar tarde y tener que marcharse enseguida.

No quise preguntarle el motivo por el que tenía que marcharse porque, después de lo que había vivido el otro día, tomé la decisión de no interferir nunca más en su vida privada. Solo me enteraría de lo que él quisiera contar en las reuniones del grupo de apoyo, o directamente a mí porque él quería, pero eso sería todo.

—¿Salimos fuera a que nos dé un poco el aire? Aquí hace muchísimo calor —propuso Liam.

—¿En serio? Yo estoy bien —le dije.

—Ya, era una excusa muy mala —se sinceró él, y se echó a reír.

Le seguí la broma y salimos al exterior. No me atreví a mirar atrás, pero supuse que alguna de mis amigas ya se habría dado cuenta de mi ausencia y probablemente me estaría observando mientras abandonaba el edificio por la puerta principal.

En los alrededores del antiguo Ayuntamiento había grupitos de gente que habían salido a fumar o a despejarse un poco. La música no se oía desde fuera, de manera que reinaba el silencio. De vez en cuando se oía el lejano sonido de un coche que pasaba por una de las calles paralelas. Caminamos unos metros hasta llegar a un banco que se encontraba nada más girar la esquina del edificio y nos sentamos. Coloqué el vaso de refresco a mi lado, obligándome a recordar que estaba ahí para no tirarlo. Recordé cuando mi hermana y yo nos sentábamos en el alféizar de la ventana de nuestra antigua habitación y poníamos un refresco entre las dos.

Miré al cielo, como hacía con ella y como seguía repitiendo casi cada noche desde que me había mudado a Crescent City.

—De esto no teníamos apenas en Sacramento —murmuré, casi sin ser consciente de que lo había dicho en voz alta. A veces, en Sacramento se veían las estrellas por la noche, pero no había comparación con aquel lugar. Mirar hacia arriba era como contemplar una danza de luces que campaban a sus anchas salpicando el cielo nocturno. Él me imitó, y estuvo unos segundos sin decir nada.

—Es curioso como a veces no nos damos cuenta de lo que tenemos porque lo damos por hecho. Sean estrellas... o sea una familia normal —susurró Liam.

Bajé la cabeza, apesadumbrada, sin saber qué responder.

Mi relación con Liam era tan extraña que parecía hasta irreal. Aparentemente no teníamos nada en común, pero cuando estaba con él sentía que me encontraba con alguien a quien había conocido desde que era pequeña. Estar con Liam era como reencontrarse con un amigo al que hacía mucho tiempo que no veías y sentir que, a pesar de que habían pasado meses desde la última vez, todo seguía igual. Algo así me sucedía con él.

Conocí a Liam en terapia, para después odiarlo tras el fugaz enfrentamiento que tuvimos por mi bicicleta. Desde entonces, apenas lo había visto, porque no se dejaba caer por el instituto, pero cada vez que me encontraba con él era como si nuestra relación avanzara a pasos agigantados. La última zancada la habíamos dado ese mismo día, cuando descubrí una pequeña parte de lo que era la realidad de su familia. Lo miré, aprovechando que seguía observando el cielo estrellado. Su ceja estaba mejor, y se había maquillado los alrededores de la herida para que no se notara tanto. Quizá, aparte de la soledad, lo que nos unía a Liam y a mí eran las heridas. Visibles o no.

Se dio cuenta enseguida, y se volvió hacia mí, intentando leer mi expresión vacía.

—¿Estás bien? —me preguntó.

Asentí, antes de preguntarme a mí misma si realmente lo estaba. Había aprendido a responder afirmativamente a aquella pregunta desde hacía meses, por lo que ya lo hacía sin pensar. Era como un hábito.

—¿Y tú?

Me puse nerviosa por si acaso lo había hecho sentir incómodo, pero él reaccionó de la misma manera. Como un resorte. Como un niño al que le habían enseñado a no cruzar en rojo o a no tocar los enchufes.

—Emily —dijo. Parecía como si Liam quisiera soltar todos los pensamientos que tenía en la cabeza antes de que le estallara.

—Dime.

No esperó para seguir hablando.

—Creo que no deberíamos seguir viéndonos más que lo estrictamente necesario.

Sus palabras me dejaron congelada. ¿Para eso había venido a verme? ¿A qué venía esa reflexión?

—¿A qué te refieres? —fue lo único que pude articular con sentido, ya que mi cerebro, como siempre, era un hervidero de preguntas.

—Es solo que... —se calló, como si de pronto le costara hablar—. Nos vamos a hacer daño. Lo preveo. Yo tengo una familia horrible en la que vivo un infierno cada día. Tú... arrastras un gran dolor del pasado, has sufrido mucho y no me puedo ni imaginar lo que has tenido que pasar... y sigues pasando. —Se mordió el labio—. No creo que debamos seguir siendo amigos. Somos como dos centrales nucleares a punto de colisionar y explotar.

Me quedé en silencio, meditando sus palabras. «Nos vamos a hacer daño.» ¿Se puede dañar algo que ya no siente?

—Tengo que ser sincera contigo, Liam, ya que tú también me estás hablando de cara. Ya había pensado en esto. Sé adónde nos puede llevar. Y no... no tengo miedo.

Esperé a que dijera algo, pero siguió mirándome, sin pestañear. Sus pupilas estaban dilatadas por la oscuridad que nos rodeaba y su respiración era lenta, pausada.

Como no añadió nada, seguí hablando. Necesitaba decir lo que mi cerebro se negaba a admitir y mi corazón me pedía a gritos que intentara silenciarlo.

—Pero hay algo que sí quiero que sepas. Y me gustaría saber si tú también estás de acuerdo. Sí, estamos en la mierda, y la cosa no parece que vaya a mejorar para ninguno de los dos. Sí, puede que nos duela. Eso no lo sabemos. Pero sí sé que en algún momento de los próximos meses me voy a quemar, y prefiero que sea ahora, que mi piel ya está protegida contra el fuego.

Le di un par de segundos de margen por si su respuesta era negativa, pero, en vez de ello, sonrió.

Esa noche perdí mi apuesta, la ganó Cora. Me acerqué a Liam alzando los ojos hacia los suyos para recordarme que la herida de esa misma tarde seguía allí, y lo besé.

# COSAS SOBRE ARIA JONES

*Perfecta*

*Inteligente*

*Querida*

*Sociable*

*Rebelde*

*Independiente*

*Preferida*

*¿Perdida?*

# 10

La situación no fue incómoda, y eso era precisamente lo que me gustaba de estar con él.

Habían pasado un par de semanas desde que nos besamos en la fiesta de principio de curso, pero nada había cambiado; pasábamos mucho tiempo juntos, pero a ojos de los demás podríamos seguir siendo amigos. Para cualquier otra persona, quizá ese beso hubiera sido algo precipitado. Dos personas que apenas se conocían compartiendo un momento íntimo. Sin embargo, para nosotros era diferente. Para mí era muy diferente. Todavía no estaba preparada para una relación, pero sentía que conectaba con Liam, como dos imanes que se atraían por mucho que intentaran mantenerlos separados.

Si alguien me hubiera dicho eso, que todo había sido demasiado rápido, con bastante seguridad le habría dado la razón. No obstante, la cuestión estaba en que Liam y yo conectábamos de una manera especial. No teníamos que hablar para saber lo que pensaba el otro. A veces, solo con mirarnos, podíamos entendernos a la perfección. Y eran esos momentos los que nos unían, mucho más que las palabras. Una especie de reconocimiento mutuo de nuestras situaciones personales. No necesitábamos saber qué pasaba por la cabeza del otro, porque lo más probable era que lo hubiéramos sentido. O que, simplemente, no quisiéramos hablar de ello. Fuera como fuese, siempre nos concedíamos ese espacio en el que no teníamos por qué verbalizar nuestros pensamientos, sino dejarnos llevar por la conexión que sentimos desde el primer momento, aunque fuera entre miradas curiosas o gritos de enfado.

Por eso, cuando Liam se ofreció a acompañarme a Sacramento, una alarma se encendió en mi cerebro. Hasta entonces habíamos sido dos personas conectadas que se dejaban llevar, ajenas a lo que pasaba a su alrededor. Sabiendo del otro lo que compartíamos en el grupo de apoyo o en nuestras contadas conversaciones. Y no tenía intención de que aquello cambiara. Me asustaba que cruzara la línea invisible que había trazado a mi alrededor.

Sin embargo, elegí que él me acompañara por un simple motivo: la alternativa era mil veces peor. Como todavía no me había sacado el carné de conducir, la única manera que tenía de ir a Sacramento era que mi padre viniera a buscarme. No tenía una mala relación con él, pero no quería que pusiera un pie en Crescent City. Si mi madre lo veía, se derrumbaría, a pesar de que fue idea suya huir de Sacramento y vivir cerca del último lugar donde Aria fue vista con vida. Desde que Aria había desaparecido con dieciséis años me preguntaba constantemente sobre las cosas que le quedaban por hacer, si estaba en alguna parte del mundo haciéndolas, si podía hacer algo para conocer el resto de su vida, de sus años.

Así fue como aquel sábado por la mañana esperé en la cocina a que Liam me mandara un mensaje para decirme que ya estaba fuera, esperándome. No me había preparado la maleta porque íbamos a volver el mismo día. Llegaría, iría al despacho a firmar unos papeles y volvería a Crescent City, a mi nueva vida, que ya casi se había convertido en una rutina. Me serví un vaso de leche y me sorprendí a mí misma al sentirme nerviosa por hacer algo así. El viaje duraba más de seis horas, más tiempo del que había permanecido junto a Liam la última semana. Él seguía faltando a clase, aunque en su favor tenía que admitir que había empezado a ir a algunas asignaturas, pero yo solo lo había visto en la última reunión del grupo de apoyo. Al salir de esa reunión nos habíamos quedado un rato juntos, y habíamos dado una vuelta en bicicleta por la zona del puerto, aunque sin pasar por delante de su casa.

Todavía no había amanecido. Me había puesto la alarma a las seis de la mañana para estar lista a las seis y media, hora en la que había quedado con Liam. El despacho solo abría por las mañanas, en sábado, de manera que teníamos que llegar sí o sí antes de la hora de comer. Guardé el cartón de leche en la nevera después de beber un vaso entero, mordisqueé un trozo de pan de la noche anterior y envolví una fruta en papel de aluminio para el viaje justo cuando la pantalla del móvil se iluminó con un mensaje de Liam. Salí de casa y cerré la puerta principal intentando no hacer ruido. No quería despertar a mi madre.

No sé por qué me sorprendí al ver que Liam no había venido en coche, sino en una camioneta. Aquel vehículo tenía pinta de haber recorrido ya bastantes kilómetros, por el estado de las ruedas, aunque la carrocería estaba impecable, como si lo hubiera lavado recientemente.

—Buenos días —me saludó él, estirándose para abrir desde dentro la puerta del copiloto.

Llevaba puestas unas gafas de sol, las típicas Ray-Ban, y una camiseta básica de color gris.

—¡Hola! —respondí mientras daba un salto para subirme.

El interior del coche olía a canela, y sentí que tenía hambre aunque acabara de desayunar.

—Menuda cara de sueño... —me dijo, haciéndome un gesto para que le tendiera la mochila y no la llevara todo el viaje entre las piernas—. Puedes dejarla atrás, si quieres.

—No, tranquilo, no me molesta, si va casi vacía. La he cogido por llevar algo —le respondí.

Él asintió.

—¡Rumbo a Sacramento! —exclamó, poniendo primera y levantando poco a poco el pie del embrague mientras pisaba el acelerador. La camioneta reaccionó al instante y dejamos mi casa atrás en unos segundos.

Liam parecía estar de un humor especialmente alegre. Me sorprendió que tuviera tanta energía por la mañana, sobre todo después de lo que habíamos madrugado. Yo, en cambio, si me distraía cinco minutos, lo más probable era que me quedara profundamente dormida. Además, era de ese tipo de personas a las que no les gusta que les hablen nada más despertarse, porque todavía están más en otro mundo que en la vida real. Aun así, saqué fuerzas para preguntarle a Liam si había estado alguna vez en mi antigua ciudad.

—No, nunca. De hecho... no he salido de Crescent City —admitió, un poco avergonzado, aunque no entendí por qué. Yo había viajado varias veces con mi familia, pero no era tan raro que alguien no hubiera salido nunca de su ciudad natal.

—No te gustará, es horrible —le dije, aunque mis palabras no eran cien por cien sinceras.

En el fondo, Sacramento no era una ciudad fea. El problema era que la veía como una mancha en mi historia, como un lugar en el que no podían pasar cosas buenas. Un sitio al que nunca querría volver.

—¿Te has acordado de coger la documentación? —me recordó él cuando estábamos a punto de entrar en la carretera.

—Ajá —respondí.

La necesitaba para la reunión con los abogados, y aquel era el propósito del viaje, así que olvidarla habría sido un error imperdonable.

—Genial —respondió él, marcando a la izquierda con el intermitente para incorporarse a la circulación. Pensé que la carretera estaría más llena, pero luego recordé que era sábado—. ¿Haremos una minivisita turística por la ciudad?

Me encogí de hombros, evitando darle la respuesta que se había formado en mi mente al instante.

—No hay nada que ver, en realidad. En vez de eso, prefiero que paremos en algún sitio a la vuelta que sea más interesante.

No dije nada más, esperando que pillara la indirecta. No quería saber nada de Sacramento. Era el lugar en el que había vivido un infierno. Salir a la calle era algo impensable, ya que todo el mundo conocía los rasgos de mi hermana y, aunque fueran conscientes de que tenía una gemela, no podían evitar alarmarse cuando me veían paseando. Era una situación bastante desagradable que pretendía evitar a toda costa.

En algún momento de aquella cadena de horribles recuerdos sobre mi antigua ciudad, me quedé dormida.

Desperté una hora y media más tarde. El sol ya estaba alto e iluminaba con fuerza la carretera. No había ni una nube en el cielo.

—Buenos días otra vez —dijo Liam, sonriendo.

Me revolví en el asiento y moví el cuello hacia ambos lados. Lo tenía dolorido al haberme quedado dormida en una mala postura.

—Mmmm... —respondí—. ¿Por dónde vamos?

—Estamos muy cerca de Willow Creek, ya hemos dejado atrás la costa.

Cambié otra vez de postura y me quedé apoyada en el hombro izquierdo, vuelta hacia él. Liam fijaba sus ojos verdes en la carretera a través de las gafas de sol. De vez en cuando, con un movimiento rápido, miraba el retrovisor.

Aquella mañana tenía el pelo más revuelto de lo normal y un mechón se había escapado cayéndole sobre la frente. Por mucho que peleara con él para que se aguantara hacia atrás, no había manera de conseguirlo. El sol le daba en la cara, de lado, y podía ver algunas pequeñas cicatrices en su rostro. Eso sí, lo que más llamaba la atención eran las heridas de sus nudillos, que parecían haberse abierto de nuevo. No había sangre, pero la piel estaba ligeramente enrojecida, todavía con pequeñas costras en algunas zonas.

La verdad era que Liam tenía el típico perfil de chico atractivo. En eso me vi obligada a darle la razón a Lorenzo. Cumplía con todos los parámetros de belleza que triunfaban en internet: cara afilada, ojos claros, piel bronceada, barba recortada al mínimo y complexión musculosa. A mí, la buena genética de mi familia tampoco me había abandonado, pero siempre había sido mi hermana quien le sacaba más partido.

—¿Has terminado? —preguntó él, esbozando una ligera sonrisa. Sus ojos se entrecerraron y supe que era sincera.

—No —respondí—, necesitaré que te quites la camiseta para emitir mi veredicto final.

En los últimos meses, mi personalidad había cambiado de golpe. Antes jamás habría dicho algo así. Sin embargo, ahora apenas me fijaba en lo que decía. Comentaba lo que pensaba, sin filtros, porque no me importaba lo que dijera la gente de mí. Ya se había dicho prácticamente todo.

—Ahora sería un poco peligroso, pero si quieres puedo parar en un área de servicio...

—No, gracias —lo corté, sacándole la lengua, aunque no lo vio.

Él movió la cabeza de izquierda a derecha.

—Ay, Emily, Emily... —susurró, cambiando de carril para adelantar al coche que teníamos delante.

—¿Qué ocurre? —pregunté.

Liam aceleró un poco para hacer el adelantamiento y se colocó delante del otro coche cuando ya había dejado cierta distancia de seguridad.

—Nada, que me vuelves loco.

Me quedé sorprendida ante su comentario, porque era lo último que esperaba que dijera. Me pareció que, de pronto, el ambiente desenfadado que reinaba en el coche había desaparecido, dando paso a otro que no terminaba de comprender.

—¿Cómo?

—Lo que oyes —respondió, encogiéndose de hombros.

—No, ahora me tienes que explicar ese comentario, eso de que «te vuelvo loco». Fíjate, tienes tooodo el viaje para hacerlo, casi cuatro horas, de hecho —intenté que pareciera una broma, aunque lo decía totalmente en serio.

Liam bufó, haciéndose el enfadado.

—Vale, aunque tenga cuatro horas, voy a recapitular los hechos en unos pocos segundos —dijo él, cambiando de tono a uno un poco más serio—. Nos conocemos por casualidad en un grupo de apoyo, nuestra primera conversación es a gritos, hablamos un par de veces donde hay mucha tensión, me besas sin explicarme por qué y ahora estoy sentado en la camioneta de mi hermano, que, por cierto, he cogido sin permiso y me va a matar, conduciendo a tu ciudad natal.

Permanecí unos segundos en silencio, esperando a que añadiera algo más, pero no lo hizo. No supe qué responder.

—No sé qué decirte...

Él carraspeó.

—Bueno, no sé cómo habrá sonado, pero en ningún momento he querido decir que... Joder, esto es más complicado de lo que pensaba. —Tragó saliva, miró por el retrovisor y siguió hablando—: Simplemente me gustaría saber si... no sé, estás interesada en mí, o si no estás interesada en nadie. Que no pasaría nada en absoluto si fuera el segundo caso, lo único que quiero es saberlo, porque desde hace un par de semanas estoy un poco perdido... Y eso es lo que quería decirte.

De pronto, me sentí atrapada en mis propios pensamientos. Todo aquello que Liam y yo habíamos estado evitando hablar había salido a la luz en un instante. Las piezas de ajedrez estaban repartidas sobre el tablero, esperando la jugada del siguiente participante... que era yo.

—Liam... —dije su nombre por rellenar el silencio, que me asfixiaba—. Lo siento. No sé qué decirte —repetí—. Creo que ahora mismo eres consciente de que no quiero meterme en jaleos... No digo que tú seas alguien problemático. —Me mordí el labio, preguntándome si la había fastidiado, pero vi que él no había cambiado de expresión, así que seguí hablando—: Es solo que no sé qué quiero ahora mismo. Estas dos semanas han sido geniales, de verdad. Siento mucho haberte besado y si eso te hizo pensar algo...

—No tienes que disculparte por eso, Emily —contestó al instante—. No deberías.

—Ya... Pero quería decírtelo.

Liam asintió, mirándome con naturalidad y volviendo a fijar la vista en la carretera.

—No pasa nada, de verdad. Solo quería saberlo —dijo.

Fui a responder algo, pero había pasado el momento de añadir nada más.

Los siguientes minutos se hicieron eternos. Liam no dijo nada, y yo tampoco. La carretera estaba vacía en aquel tramo y solo se oía el sonido del motor y de nuestras respiraciones. Al otro lado de la ventanilla, los árboles pasaban rápidos a mi lado. Dejé vagar la vista en ellos, distraída.

Un mensaje me hizo volver a la realidad. Era mi madre, preguntándome qué tal iba el viaje y si Liam conducía bien. Le contesté al instante para que no se preocupara, ya que al haber salido tan pronto de casa ni siquiera había tenido tiempo para despedirme de ella, que estaba durmiendo. Mi madre me respondió con un montón de emojis de caritas con corazones en los ojos después de mencionar el nombre de Liam y entorné los míos. Otra que estaba igual que Lorenzo y que mis amigas. ¿Acaso pensaba que había algo entre él y yo? Apenas le había hablado de él, pero por un instante imaginé que a mi madre le gustaría que pasara tiempo con alguien en lugar de estar todo el día encerrada entre las cuatro paredes de mi habitación. Dejé escapar una risita, y eso llamó la atención de Liam.

—¿Algún meme? —preguntó, curioso.

Negué con la cabeza.

—Qué va, mi madre... poniendo un montón de caritas con corazones después de tu nombre en un mensaje que me acaba de enviar.

Él se rio, y me alegré de que la situación hubiera vuelto a la normalidad. Nuestra normalidad.

—Sobre lo de antes... —añadí para zanjar el tema—. He estado pensando en algo.

—Dime —respondió Liam.

No me anduve con rodeos esta vez.

—Te llevaré a dar una vuelta por Sacramento. Te lo enseñaré todo sobre mi antigua vida, que, en el fondo, no deja de ser todavía mía... y te lo contaré todo sobre mi hermana. Después de conocer los detalles, te preguntaré si estás dispuesto a estar con una persona que tiene que cargar con eso. No quiero tu respuesta en este momento, sino después. A la vuelta. ¿Te parece bien?

Quizá si Liam conocía mi pasado se daría cuenta de que no teníamos futuro, pero era la única manera de saber si yo estaba preparada para estar con alguien que lo sabía todo sobre mí.

Liam tardó unos segundos en responder, aunque por su tono de voz parecía tenerlo claro desde el principio.

—De acuerdo —dijo, sereno.

*La habitación estaba oscura. Aunque no pudiera ver nada de lo que había a mi alrededor, seguía teniendo la sensación de que todo daba vueltas. Me gustaba estar así, fuera del mundo. Alejada de las preocupaciones cotidianas que inundaban la mente de una chica de dieciséis años. Una mano buscó la mía y tiró de mí hacia la cama.*

*No había estado nunca en casa de Harry. Aquella era la primera fiesta que celebraba allí, y no se me había ocurrido pasar del salón hasta que él me hizo un gesto con el dedo. Sabía perfectamente lo que significaba, porque ya había caído en esa tentación varias veces. Al principio pensaba que solo sería un beso estúpido, fruto del alcohol, pero pronto nuestros labios se juntaron más veces de las que podía contar con los dedos de la mano. Sin embargo, nunca habíamos cruzado la frontera que separaba nuestros cuerpos, hasta entonces.*

*Entre la confusión que reinaba en mi cerebro, era consciente de lo que estaba haciendo. Me sentía liviana, liberada. Una parte de mí sabía que no debería, pero otra quería, lo necesitaba.*

*La cama crujió cuando Harry se dejó caer, sentándose en la esquina, y yo me puse directamente encima de él. Mi vestido tardó unos segundos en descender hasta la cintura en cuanto bajé los finos tirantes por los hombros. Le pregunté por tercera o cuarta vez si había echado el cerrojo de la puerta, y, entre risas, me respondió que sí.*

*Antes de que me tumbara en la cama, Harry ya se había quitado toda la ropa. Deslicé el vestido por mis piernas y lo empujé con los pies para alejarlo. Me acerqué a él y sentí que me invadía un calor fa-*

*miliar. Los dos estábamos demasiado encendidos para perder el tiempo, así que solté una risita cuando oí que Harry rasgaba el envoltorio de un preservativo y se lo ponía. Me quité las bragas con una mano. Me dejé puesto el sujetador porque me encantaba, y le pasé la mano por el pecho mientras se ponía encima de mí.*

*Sabía que no debería estar haciendo eso. Pero hacerme pasar por mi hermana para liarme con su novio era tan real que se había vuelto adictivo.*

# 11

Aunque cerrara los ojos, seguiría viendo en mi mente las calles de Sacramento, porque las conocía de memoria. Me esperaban tal y como las dejé. Después de tantos meses ya no conservaban en sus muros los carteles con la cara de mi hermana, lo cual no podía decir si era un alivio o no. Quizá todos sus habitantes habían pasado página en relación con su caso y seguían con sus vidas... Todos menos mi madre y yo. En el fondo, tenía sentido. Cuando algo dejaba de salir en la televisión y en los medios de comunicación, parecía como si ya no fuese importante. Como si dejase de existir.

A pesar de que quería quedarme dormida y no despertar hasta llegar a mi antigua casa, tuve que mantener la compostura y estar atenta para guiar a Liam por la ciudad. Todo estaba en el mismo sitio que la última vez. Había alguna obra nueva, habían puesto un carril bici en la avenida que conectaba con la calle donde vivía antes, pero el resto seguía igual. Los colores, los olores, el ambiente... Indiqué a Liam que girara a la derecha y entramos en la avenida que recorrí todos los días entre semana durante varios años para ir al colegio. Al principio, con mi hermana. Con el tiempo, sola.

—Es justo ahí, la casa después de la que está pintada de color marrón oscuro —le dije.

Liam siguió mis instrucciones y detuvo la camioneta de su hermano justo frente al portal de mi antigua casa. En la fachada habían hecho algunos cambios: unos maceteros con flores bastante cuidadas y una nueva verja que rodeaba el pequeño jardín. Por lo demás, seguía estando exactamente igual a como la dejé.

Respiré hondo, y Liam se dio cuenta de mi estado.

—Todo va a salir bien. Recuerda, no estás sola: te espera tu padre, y, como último recurso, yo voy a estar por aquí también. ¿Vale?

Moví la cabeza para asentir, y salí de la camioneta mientras él paraba el motor y sacaba la llave del contacto. Cerré la puerta con más fuerza de la que pretendía y di un bote con el estampido. Rodeé el vehículo y comencé a andar hacia la puerta.

—¿Quieres que me quede aquí? —preguntó él.

—No, ven —le dije, aunque fue más bien una súplica que una forma de concederle permiso para entrar en mi antigua casa.

Aquella era la primera vez que volvía desde que me había ido a vivir con mi madre a Crescent City. Había imaginado que me costaría volver a reencontrarme con todo lo que me esperaba en Sacramento, pero en aquel momento sentí que todo se me venía encima. Hice un enorme esfuerzo por no llorar y subí los tres peldaños del porche con la cabeza alta y la mirada fija en el número de la puerta. Llamé al timbre sin vacilar, aunque por dentro era un manojo de nervios. Sentía un nudo en la garganta que me resultaba familiar. Me aparté un mechón de pelo de la cara, intentando ganar la partida al viento que se había levantado aquella mañana de sábado.

Mi padre me abrió a los pocos segundos.

—Emily... —dijo, y se lanzó a darme un abrazo.

Se lo devolví sin decir nada. No quise pensar en nada que estuviera relacionado con mi hermana porque sabía que me vendría abajo, así que me centré en el nuevo aspecto que tenía mi padre. Se había afeitado el bigote y la barba tan característicos suyos y llevaba unas gafas grandes y cuadradas, también una novedad. Habían pasado casi dos meses desde que lo había visto por última vez y su cambio de apariencia me sorprendió. Hasta hubiera asegurado que había ganado tres o cuatro kilos.

—¿Cómo estás? ¿Cansada del viaje?

Aprecié el esfuerzo que hizo mi padre por intentar desviar el tema ya desde el principio.

—Un poco... Papá, te presento a Liam, es el amigo del que te hablé, que te dije que me traería en coche.

Mi padre apartó la vista de mí para fijarla en él.

—Encantado, soy Jack, el padre de Emily.

Le estrechó la mano. Al verlos uno al lado del otro, me di cuenta de lo alto que era Liam. Mi padre no mediría más de un metro sesenta y cinco, pero a su lado parecía rozar el metro cincuenta. Me alegré de haber heredado la altura de mi madre.

—Igualmente.

—Gracias por acompañar a mi hija hasta aquí —le dijo, invitándonos a los dos con la mano a entrar en casa.

Pasé la primera, conteniendo el aire en los pulmones, recorriendo con los ojos el camino que había hecho durante tantos años. La casa habría cambiado por fuera, pero por dentro estaba igual. Nada más entrar, el altar de fotos y recuerdos de Aria. Después, la cocina, el salón y, en la planta de arriba, los dormitorios: el que antes compartían mis padres y el que ocupábamos mi hermana y yo.

—No podemos quedarnos mucho, porque el despacho cierra a la una y media.

Miré el reloj. Era la una menos cuarto.

—Vale —respondí—, voy a beber un vaso de agua y ya estoy lista. ¿Quieres algo? —le pregunté a Liam, intentando que entendiera mi indirecta y me siguiera.

—Sí, sí, te acompaño —contestó.

Entramos en la cocina. La luz estaba encendida y había una tableta en la encimera con una receta que mi padre había dejado a medias. Aquella era la habitación más oscura y lúgubre de todas. Quizá porque fue donde vivimos los peores momentos después de la desaparición de mi hermana, o simplemente porque estaba demasiado vieja y se caía a trozos, ya que no la reformamos al comprar la casa.

—¿Agua? ¿Algún refresco? —le ofrecí.

—Solo agua, por favor —me dijo.

Serví dos vasos y bebimos en silencio. Oí que mi padre subía al piso de arriba y se dirigía a su habitación.

—Bueno, pues esta es mi antigua casa —dije, intentando aliviar un poco la tensión.

—Me encanta la maqueta del avión —respondió él, señalándola.

Encima de una cajonera había un cenicero sin usar, recuerdo del viaje de mis padres a Grecia cuando se casaron, unas servilletas de papel y una maqueta que había hecho Aria.

—Es un Henschel Hs 126. —Las palabras me salieron de la boca de forma automática. No recordaba haber almacenado ese detalle en mi memoria, pero ahí estaba—. A Aria le gustaba montarlos, desmontarlos y montarlos de nuevo. Tenía varios... Este de aquí era su favorito, un avión de reconocimiento alemán que se utilizó en los últimos años de la Segunda Guerra Mundial, me parece.

Liam asintió y apuró de un trago su vaso de agua mientras miraba fijamente la maqueta.

—No sabía que te interesara la historia —añadió.

—Qué va, toda esa retahíla de datos los sé porque los repetía ella sin parar —admití.

La obsesión de Aria por construir cosas le venía de pequeña. Siempre que era su cumpleaños o se acercaba la Navidad pedía puzles, pero llegó un momento en que no eran lo suficientemente desafiantes para su mente y pasó a construir coches y barcos. Aunque esa fase le duró poco, hasta que se obsesionó con los aviones.

Mi padre entró en ese momento en la cocina con una carpeta llena de folios.

—Todo listo, chicos. ¿Nos vamos? Podemos ir en coche, aunque esté aquí al lado. Así llegamos antes.

—Vale —respondí, aunque sabía de sobra por qué no quería ir caminando.

Recorrimos las pocas calles que nos separaban del despacho de abogados y notarios manteniendo una conversación intrascendente. Dejé que mi padre le hiciera preguntas a Liam sobre su vida y los estudios, aunque escuché atentamente cada vez que este esquivaba los temas peligrosos, respondiendo de forma general, abstracta.

No tardamos más de diez minutos en llegar. El despacho se encontraba en una zona cerca del centro de la ciudad, por lo que no había ni un hueco libre para dejar el coche. Mi padre tuvo que estacionarlo en un aparcamiento de pago que olía a una mezcla de contaminación y pintura. Subí las escaleras de dos en dos para poder respirar cuanto antes el aire de la calle. Caminamos unos doscientos metros y llegamos al despacho.

—Os espero fuera —dijo Liam, apoyándose en la fachada del edificio.

Yo asentí, agradeciéndole que me dejara ese espacio con mi padre. Nuestra tarea de aquel día no era rutinaria, como había ocurrido otras veces. La consulta que íbamos a hacerle al abogado era si debíamos comenzar los trámites para la declaración de fallecimiento de mi hermana.

Cuando Aria desapareció, los días siguientes se caracterizaron por ser un continuo bombardeo de información. Y entre todos los temas que se trataron estaba el de la declaración de ausencia de la persona desaparecida. No me había enterado muy bien de cómo iba aquello, pero sabía que si pasaba un tiempo desde la última vez que se había sabido algo de una persona, o simplemente desaparecía, se podía pedir dicha declaración... que, más adelante, podía ser de fallecimiento. Como en mi familia y entorno cercano no había nadie que entendiera de derecho civil, decidimos acudir a un abogado para que nos informara de todo.

Desconecté durante gran parte de la reunión con él. En el fondo, solo me necesitaban para firmar unos papeles, de manera que eso fue lo que hice. Me enteré de que hablaron sobre que era demasiado pronto para declarar el fallecimiento, pero sí se podía declarar su ausencia. No quise saber ningún otro detalle más, porque nada de eso iba a traer de vuelta a mi hermana.

Debí de salir con muy mala cara de aquel sitio, porque Liam se asustó al verme. No me preguntó nada delante de mi padre, simplemente acercó su mano a la mía y dejó que se la agarrara durante todo el trayecto de vuelta a mi antigua casa, que transcurrió en completo silencio.

—Os quedáis a comer, ¿verdad? —dijo mi padre cuando llegamos, aunque más que una pregunta era una súplica.

—No podemos, lo siento. Tenemos que volver pronto —respondí al instante.

Tenía otras cosas que hacer en Sacramento antes de regresar a Crescent City, y no quería que se hiciese tarde. Y tampoco que lo supiera mi padre. Si él se había rendido, no era mi culpa.

Liam no dijo nada, solamente se limitó a escucharnos.

—Oh, venga, pero estaréis reventados del viaje, y no os podéis marchar sin...

—En serio, papá, pararemos a comer algo por el camino —insistí.

Él se encogió de hombros, apesadumbrado. No supe decir si estaba intentando dar pena o no. Fuera lo que fuese, no lo estaba consiguiendo.

—Vale, pero la próxima vez que vengáis sí que os tenéis que quedar, ¿de acuerdo?

Incluyó automáticamente a Liam en sus planes, y aquello me sorprendió.

—Vale, lo haremos —dije, con pocas esperanzas de cumplirlo en un futuro cercano.

Me acerqué a mi padre y lo abracé para despedirme de él. No fui consciente hasta ese momento de que no había subido a mi antigua habitación. Pero, pensé, no creía que fuera nada bueno. Era mejor dejar las cosas como estaban y no remover más los fantasmas del pasado.

Liam se despidió de mi padre con un apretón de manos y dimos la espalda a la casa, dirigiéndonos hacia la camioneta. Cuando oímos la puerta cerrarse, Liam dijo:

—¿Quieres que comamos algo por aquí o en la carretera? —me preguntó. Había captado a la perfección que lo que le había dicho a mi padre era una excusa.

—Mmm... no me importa, la verdad. Pero antes me gustaría pasar por un sitio, si no es problema —respondí, mirando el reloj. Tardaríamos unos veinte minutos en llegar al colegio, y todavía faltaba media hora para que terminaran las clases.

—Tú mandas —respondió él, metiendo la llave en la cerradura y desbloqueando las puertas de la camioneta.

Me senté en el puesto del copiloto y tomé aire un par de veces, despacio.

—¿Prefieres indicarme el camino o pongo los mapas del móvil?

—No, tranquilo, yo te indico —le dije—. Sal por esta calle, todo recto, y coge la tercera salida de la rotonda. Después, a la izquierda.

—Perfecto —concluyó Liam, y arrancó la camioneta de su hermano en dirección a mi antiguo colegio.

Durante el trayecto estuve pensando qué decirle a Harry, el que fue novio de Aria hasta que ella desapareció. Más o menos, porque su relación había sido complicada.

Si hubiera sido más previsora me lo habría preparado todo, pero había preferido improvisar cuando lo tuviera delante.

Noté la tripa revuelta. No sé si sería por los nervios o porque había desayunado poco y pronto, así que me llevé la mano al estómago en un intento de calmarlo.

—Ahora sigue todo recto hasta que te diga —le indiqué a Liam.

A esas horas todavía no se había formado el tráfico característico de las calles de Sacramento. Sin embargo, había mucha gente paseando. Personas normales y corrientes siguiendo con sus vidas un sábado cualquiera.

—Es aquí. Puedes aparcar en la parte de atrás de este edificio o por delante si encuentras algún hueco... Aunque normalmente suele estar lleno.

Señalé con el dedo el colegio privado de dos plantas. Se notaba desde fuera que no era un sitio cualquiera, sino que había sido construido y estaba dirigido por gente con mucho dinero. De todas las ventanas colgaban unas banderas triangulares con el logo del colegio y los colores oficiales: blanco y azul oscuro. Algunos grupos de alumnos salían por la puerta principal, seguramente porque los habrían sacado antes de clase. Me imaginé a mí misma haciendo lo mismo que ellos, como si nada hubiera pasado.

A pesar de ser sábado, muchos alumnos acudían por las mañanas para participar en las actividades extraescolares optativas. Y Harry era uno de ellos. Miré la hora en el móvil. Todavía faltaban casi quince minutos para que saliera. Liam tuvo la suerte de encontrar un sitio frente al edificio y esperamos ahí, en silencio, durante los siguientes diez minutos.

—Este es mi antiguo colegio —le expliqué, aunque no me había preguntado nada—. Es privado y cuesta una pasta. Existen muchas rivalidades con los colegios de alrededor precisamente por eso, de manera que no nos relacionábamos mucho con los alumnos de otros centros. Más que nada por una cuestión de... orgullo, podría decirse.

Liam sonrió, y no lo culpé. Viéndolo desde fuera, era un poco patético formar parte de un grupo tan elitista, donde todos proveníamos de una familia con dinero y, sobre todo, con contactos, algo muy importante para conseguir un buen futuro laboral sin apenas mover un dedo.

—Espérame aquí, por favor —le pedí a Liam.

Bajé de la camioneta de un salto en cuanto vi una cara conocida. Justo la que había venido a buscar: la de Harry. Fui directa hacia él, sin rodeos. Cuando su mirada se cruzó con la mía, se quedó quieto y su cara pasó del blanco al rojo en un instante. Le hice un gesto con la cabeza que él interpretó enseguida y los dos cambiamos el rumbo, dirigiéndonos al mismo punto: detrás de un muro que había en la parte izquierda del colegio. Desde donde estábamos, no podía vernos nadie que saliera del edificio, a no ser que acudiera ahí específicamente. Quien sí que podía vernos era Liam.

No quise imaginarlo observándolo todo desde la camioneta. La conversación agitada en un primer momento, donde ambos gesticulábamos y solo bajábamos la voz por miedo a que alguien que pasara por los alrededores nos oyera. Los silencios, cuando no supimos qué decirnos después de echárnoslo todo en cara. Las lágrimas, que comenzó derramando Harry y terminé haciéndolo yo.

Y, por último, el beso.

*—Pero... ¿lo habéis dejado? —pregunté, con todo el tacto del mundo.*

*Sabía que mi hermana no estaba atravesando un buen momento, precisamente porque nos encontrábamos las dos en nuestro punto favorito de la casa cuando algo iba mal: sentadas en el alféizar de la ventana, de noche, mirando al cielo.*

*—No, le he pedido darnos un tiempo... Es que... —empezó a decir mi hermana, pero enseguida el llanto la cortó.*

*Le di la mano, en silencio, sin querer decir nada que pudiera herirla. Aria podía parecer una persona muy fuerte, directa y atrevida, pero tenía muchos bajones. Era una faceta que muy poca gente conocía. De hecho, me pregunté si alguien más sabía de todo eso. Quizá Harry, su novio, con el que estaba atravesando una situación tormentosa...*

*—Está raro conmigo, no sé qué le pasa. Siento que está pensando en otras cosas cuando estoy con él, ¿sabes? Por eso he decidido alejarme de todo esto... —admitió—. Da igual, no te quiero aburrir con mis estupideces.*

*—No me aburres —le dije, aunque me temblaban las manos y estaba deseando terminar con aquella conversación. No podía aguantarlo más.*

*Aria sonrió entre las lágrimas, y fue un gesto tan sincero que me dolió.*

*—Es que... no sé cómo decir esto sin que suene muy raro, como si fuera muy creída, ¿sabes?*

*No dije nada, esperando que siguiera hablando. Aquello era lo que yo solía hacer: callar mientras ella hablaba.*

*—No sé si puedo aspirar a algo más... —reconoció—. Harry me gusta mucho, de eso no tengo dudas, pero a veces siento que se queda un poco atrás. Que no me sigue el ritmo. En fin, no sé si me estaré explicando bien o no, probablemente no y esté quedando como una hija de puta, pero es lo que siento. Y por más que luche contra eso, no lo puedo cambiar.*

*Me dieron ganas de decir muchas cosas, pero supe que no era el momento. Nunca lo sería. Así que me limité a apretarle la mano y mirar al infinito hasta que dejó de llorar.*

# 12

Ninguno de los dos habló cuando volví a subirme a la camioneta. Eran las dos del mediodía, y si salíamos ya, contando con el tiempo que perderíamos en comer, íbamos a llegar de noche a Crescent City. Me acomodé en mi asiento, haciendo esfuerzos por no seguir llorando. Liam se dio cuenta de mi situación y arrancó sin decir nada, en dirección a la carretera. Mi tripa rugía de hambre, pero la ignoré. Lo último en lo que estaba pensando en aquel momento era en comer.

Tardamos más de veinte minutos en salir de la ciudad porque el tráfico había aumentado. Liam tenía aspecto de querer preguntarme algo, pero sin atreverse a hacerlo, y me podía hacer una idea de qué. Miré por la ventanilla, viendo como dejábamos atrás esos lugares donde pasé mi infancia y adolescencia. Bajé el cristal para dejar que el aire entrara en la camioneta, pero fuera hacía demasiado calor. La volví a subir enseguida.

Cuando al fin salimos de la ciudad y entramos en la carretera, Liam habló:

—¿Estás bien?

Estaba segura de que había resumido en dos palabras un montón de cosas que le estarían pasando por la cabeza.

—Estoy... mejor —fue lo único que respondí, y también sentí que las mías ocultaban más de lo que podía contar.

Él estiró la mano derecha y la acercó a la mía, sobre mi muslo. La agarró con fuerza durante unos segundos y volvió a colocarla en el volante.

Encendí la radio para que la música llenara el silencio. Busqué alguna emisora que me gustara, que tuviera canciones actuales, y la dejamos sonar durante casi una hora sin decirnos nada el uno al otro.

Aquello era lo que solíamos hacer. Dejar que otros hablaran por nosotros.

—¿Paramos a comer? Hay un área de servicio a siete u ocho kilómetros de aquí —propuso Liam cuando el reloj de la camioneta estaba a punto de señalar las tres del mediodía.

No sabía si lo decía porque mi estómago no paraba de rugir o porque él también se moría de hambre, pero le respondí que sí. Entonces miró por el retrovisor, adelantó al coche que teníamos delante y en unos minutos estábamos aparcando en una zona de restaurantes y tiendas. Era como una especie de centro comercial, pero en mitad de la nada.

Cuando salimos al exterior, noté que el sol me pegaba fuerte en la piel.

—¿Qué te apetece comer? —le pregunté.

Delante de nosotros teníamos una gran variedad de locales para elegir.

—Lo que quieras. Te propondría comprar unos sándwiches y comérnoslos dentro de la camioneta, pero mi hermano me mataría si lo hiciera, así que..., no sé, ¿pizza?

—Pizza —asentí—. De pollo y queso con albahaca, si puede ser, porfa —le pedí—. Si no... pues una barbacoa. Y para beber... Coca-Cola, por favor.

Fui a buscar una mesa libre en la terraza cubierta por unos toldos amarillos mientras Liam pedía la comida en el mostrador. Unos segundos más tarde, volvió con las bebidas y un ticket kilométrico en la mano.

—Me llamarán cuando estén listas para ir a recogerlas —me informó, sentándose frente a mí.

—Genial, gracias —le respondí, guardando el móvil en el bolsillo de los pantalones.

Liam no tenía muy buen aspecto. Llevaba, como siempre, unos pantalones de chándal y una camiseta básica que lo hacían más alto de lo que realmente era. No se había quitado las gafas de sol aunque estuviéramos resguardados a la sombra. Se pasó la mano por el pelo, apartándose un par de mechones rebeldes que salieron disparados hacia arriba. Su pelo castaño cambiaba de color según cómo le diera la luz. Ahora parecía más oscuro, pero al sol era como si fuera rubio. Se quitó las gafas para frotarse los ojos y se las colgó del cuello de la camiseta.

Los ojos de Liam se parecían mucho a los míos, que también eran claros. Me recordaron a los de una modelo que mi hermana adoraba y que seguía obsesivamente en Instagram, con un color entre verde y amarillo.

—¿Estás cansado de conducir? —le pregunté, al ver que se los frotaba de nuevo.

Él negó con la cabeza.

—Qué va, si me encanta hacerlo. Ojalá tuviera coche propio —confesó.

—Yo no tengo carné de conducir. La verdad es que nunca me he planteado sacármelo —le dije.

Liam se encogió de hombros, mientras daba un sorbo a su Dr. Pepper.

—Pues si tienes la oportunidad, hazlo, es muy útil —me recomendó.

—Yo es que soy más de ir en bicicleta a todas partes, y por ahora no lo necesito para nada, así que...

—En mi caso, tuve que sacármelo por obligación, la verdad —reconoció. Dudó sobre si seguir hablando, como si estuviera empezando una historia que no sabía si quería terminar. Aun así, prosiguió—: Al principio trabajaba en la empresa de mi padre como repartidor, de manera que aprendí a conducir solo por eso. De hecho, la camioneta de mi hermano era la que usaba entonces.

Asentí.

No estaba acostumbrada a saber cosas de Liam porque fuera él quien me las contara por sí mismo, así que me hizo ilusión que compartiera aquel detalle conmigo. Iba a responder algo, pero oí que gritaban su nombre desde el mostrador donde había pedido la comida y me puse rápidamente de pie, ofreciéndome a ir a buscarla. Recogí dos cajas de pizza tan caliente que temí por la integridad de mis dedos, que no habrían aguantado mucho más, y comimos uno enfrente del otro hablando de la gente del instituto.

Aunque Liam no se había dejado ver mucho por allí, conocía prácticamente a todos los alumnos después de tantos años. Le pregunté por las chicas: Cora, Alice, Josie y Lisa, con las que más relación tenía del grupo de delegados. También le conté lo que había pasado con Lorenzo y toda la telenovela que se había inventado desde que le había pedido mi número. No mencioné lo de las apuestas que habíamos hecho las chicas en el baño.

Di un mordisco al último trozo de mi pizza barbacoa, dándome cuenta de que a él todavía le quedaban tres trozos de la suya.

—¿Me das uno? —le pregunté, sin cortarme.

—Los que quieras —respondió, acercándomela.

Puse su caja encima de la mía, ya vacía, y le robé una porción de pizza con pepperoni. No era mi favorita, pero era pizza, al fin y al cabo.

—¿Puedo meter la bebida en la camioneta?

No me la había terminado y me daba pena tirarla cuando aún quedaba casi la mitad del refresco.

—Si no se lo dices a mi hermano... —respondió él, guiñándome un ojo.

Me sorprendió que estuviera así conmigo, después de lo que acababa de ocurrir con Harry en la puerta del colegio. No esperaba que estuviera celoso, ya que no había nada entre Liam y yo, por lo que éramos libres de hacer lo que quisiéramos. Lo que me llamó la atención fue que no mencionara el tema.

A veces me daba la impresión de que Liam quería saber más cosas sobre mí, como en las reuniones del grupo de apoyo. Sin embargo, con el tiempo, me había dado cuenta de que había comenzado a darme más espacio, a no hacer tantas preguntas, a pedir permiso y a no comprometerme a hacer nada que no quisiera.

—¿Vamos? —propuso él, y yo asentí, lista para continuar el viaje. Todavía nos quedaba un largo camino por delante.

Retomamos la vista monótona de la carretera. Liam se protegía los ojos con las gafas de sol, ya que este estaba bajando poco a poco y conducíamos en dirección a la costa. La temperatura seguía muy alta, así que puse un rato el aire acondicionado.

A pesar de que tenía un aspecto bastante viejo y un tanto descuidado, me gustaba viajar en la camioneta. Era bastante ancha y los asientos resultaban cómodos. Aunque quizá lo que me gustaba de ella era esa sensación de libertad que me había dado salir de Crescent City por un día y pasar horas en la carretera, aunque solo fuera para volver a mi antiguo hogar.

En ese momento me di cuenta de que me había convertido en una persona bastante independiente, una palabra que antes no existía en mi vocabulario. Con el tiempo me había hecho más fuerte, y aunque la vida me había dado muchos golpes, seguía en pie. Antes no podía hacer nada sin la aprobación de quienes me rodeaban, pero ahora no necesitaba a nadie que me dijera lo que tenía que hacer. Podía parecer una tontería, pero para mí era algo importante.

Miré a Liam, quien también luchaba contra sus propios demonios. Mientras que los míos se habían marchado, los suyos permanecían en su misma casa, y tenía que hacerles frente todos los días. Nuestros casos eran completamente opuestos: yo había perdido a alguien a quien quería y él no podía deshacerse de alguien a quien odiaba. No quise pensar que lo mío era peor, porque nunca había estado en su lugar. Era consciente de que en mi casa hubo problemas cuando mis padres se separaron, pero en general fue un divorcio rápido, y en ese aspecto no podía compararse mi situación con la suya.

En algún punto del viaje me volví a quedar dormida, flotando entre un mar de pensamientos que no tenían sentido. Soñé algo que no logré recordar al despertarme, y me sentí mal por haber sido tan mala copiloto, tanto a la ida como a la vuelta.

—Buenos días —me saludó otra vez.

—Ufff... Lo siento un montón —me disculpé, consciente de que lo había abandonado durante casi todo el viaje.

No necesité mirar la hora en el móvil para saber que era tarde, porque a nuestro alrededor la luz casi había desaparecido. El sol estaría a punto de ocultarse en el horizonte. Miré por la ventanilla intentando averiguar dónde estábamos, porque me di cuenta de que la camioneta había parado. Nos encontrábamos en una gasolinera.

—Perdona que te haya despertado al frenar, ha sido sin querer —se disculpó él—. ¿Quieres algo de cenar? O de picar, no sé, lo que me digas. Voy a pasar por la tienda para pagar la gasolina, así que...

Me revolví en el asiento, todavía más dormida que despierta. No se me ocurrió nada, pero siempre que me despertaba de la siesta me moría de hambre, así que le pedí una botella de agua y que me comprara para comer lo que él quisiera. Liam asintió y me dejó en el interior del vehículo mientras llenaba el depósito.

Aproveché para desperezarme ruidosamente. Lo más probable era que aquella noche no pegara ojo, después de todo lo que había dormido en el coche. Saqué el móvil del bolsillo del pantalón y comencé a revisar los últimos mensajes. Había visto en la televisión que era peligroso hacer eso, pero ¿era cierto o un simple bulo? Vi que había un par de mi madre, que fueron los que contesté primero. Me preguntaba qué tal el viaje, y le respondí que todavía tardaríamos un poco en llegar a casa, que no se preocupara y que cenara sin mí. Lorenzo también me había escrito para preguntarme unas dudas de clase, pero no abrí su chat porque no podía contestarle en ese momento. También habían hablado en el grupo de delegados y en otro que tenía solo con las chicas, al que me había incorporado a los pocos días de conocerlas.

Lo que más me sorprendió fue ver una llamada perdida de Harry. Me quedé mirando el aviso varios segundos, intentando descubrir qué me hubiera dicho de haberle cogido el teléfono. Aunque eso jamás habría ocurrido. Me alegré de haber dejado el móvil en modo silencio, porque, si no, su llamada me habría despertado. ¿Qué quería de mí? Pensaba que ya habíamos zanjado el tema... Inspiré con fuerza y tomé una decisión que llevaba tiempo sopesando. Abrí su contacto en mi agenda, bajé a la parte inferior de su ficha, donde ponía su nombre, número y correo electrónico, y le di a «Bloquear contacto». Contra todo pronóstico, sentí como si me hubiera quitado un peso de encima después de hacerlo. Pensé que, en realidad, aquello me causaría mucho estrés, pero no fue así. Saber que había cerrado ese capítulo en mi vida me relajó.

Un golpecito en la ventana de la camioneta me hizo volver a la realidad. Liam me miraba, sonriente, con un par de bolsas de nachos en una mano y un recipiente de plástico enorme de salsa guacamole en la otra. Se me iluminó la cara al ver la comida. Rodeó el vehículo por delante y subió a su asiento, colocando las provisiones sobre su regazo.

—He tenido una idea, espera —dijo, sin avanzarme nada más.

Puso las llaves en el contacto y arrancó la camioneta. En vez de salir del recinto de la gasolinera y reincorporarse a la carretera, siguió un camino de piedras que iba en dirección opuesta. Lo recorrimos durante un par de minutos, hasta que lo dejamos todo atrás.

Liam frenó y paró el motor. A nuestro alrededor todo eran plantaciones de algún cereal que no era capaz de distinguir. Con un gesto me indicó que bajara.

—Creo que te gustará —me dijo.

Una vez fuera, me puse a su lado y observé cómo se encaramaba y se sentaba en el techo del vehículo, aprovechando un saliente de la parte de atrás para darse impulso. No parecía ser la primera vez que lo hacía.

—¡Hala! —chillé, emocionada.

Liam se frotó las manos y dio dos golpecitos a su lado, indicándome que subiera. Intenté repetir sus movimientos para llegar hasta arriba y lo conseguí, pero con mucha menos destreza que él. Caminé como un pato por la superficie lisa y me coloqué a su izquierda. Estaba manchada de tierra, pero no me importó sentarme.

A nuestro alrededor no se oía nada, nos rodeaba el silencio, interrumpido de vez en cuanto por los coches que circulaban por la carretera a toda velocidad. Se oían a lo lejos, como si fueran los zumbidos de unas abejas eléctricas. Se levantó un viento repentino que empezó a mover las hojas de los cultivos a nuestro alrededor y me enredaba el pelo. Liam estiró el brazo, y me apartó un mechón de la mejilla para colocármelo detrás de la oreja.

—Nos debemos mutuamente una conversación —le dije, recordando lo que habíamos hablado en el viaje de ida.

Él asintió.

—¿Antes o después de los nachos con guacamole? —Sonrió, divertido, pasándome una de las dos bolsas con la mano izquierda.

—¿Durante? —propuse, aunque era más una respuesta.

Puso el recipiente delante de nosotros y levantó la tapa con cuidado de que no saliera todo volando. Abrí mi bolsa y él hizo lo mismo con la suya. Crucé las piernas para estar más cómoda. Las de Liam colgaban hacia el suelo.

—Yo empiezo —me lancé.

Tenía muchas cosas que decir, así que cuanto antes las sacara de mi mente, mejor me sentiría.

No tenía miedo de contarle la verdad. El vínculo que había

formado con él en poco tiempo era algo que me hacía sentir cómoda a su lado. Relajada. Como si fuera mi refugio.

—Se llama Harry —fue lo primero que se me ocurrió decir—. Era el novio de mi hermana.

Liam negó con la cabeza.

—No te estoy pidiendo explicaciones, Emily, eso son cosas tuyas y de nadie más.

—Lo sé —respondí—. Pero quiero explicártelo todo. Desde el principio.

Lo miré. La luz del sol acercándose al horizonte inundaba sus ojos, mostrándolos de un color más verde que nunca.

—Antes de que pasara lo de Aria, mis padres, mi hermana y yo éramos una familia más de las que se van todos los veranos de vacaciones a un sitio genial, viven en una casa con un perro y tienen una vida perfecta. Sí, como las que salen en los anuncios, aunque nunca llegamos a tener perro porque mi padre es alérgico a un montón de animales. Mis padres tenían buenos trabajos: mi madre se dedicaba a dar clases de francés en un colegio en el que le pagaban una pasta, y él trabajaba como contable para unos amigos suyos que habían montado un negocio desde cero y que estaba funcionando bastante bien. Lo teníamos todo, pero no lo valorábamos —admití. De eso me había dado cuenta ahora—. Aria y yo nos llevábamos bien, al contrario de lo que podía parecer. Sí, no era fácil tener una hermana exactamente igual que tú, pero teníamos una relación muy buena. Estábamos en el mismo grupo de amigos, en la misma clase... Es cierto que de vez en cuando discutíamos, o nos picábamos la una a la otra por cualquier bobada, pero, por lo general, casi siempre podías encontrarnos juntas en el mismo sitio. Aunque también nos dejábamos espacio. Sin embargo, las cosas empezaron a cambiar en el... en su último año —me corregí—. Aria iba cada vez más con otro grupo de amigos que tenía. Igual te suenan sus nombres porque los he mencionado alguna vez. Su mejor amiga era Rachel. A mí no me importaba, me caían bien, aunque eran diferentes a aquellos con los que solíamos ir. Ella quiso empezar a hacer las típicas «locuras» de los quince y dieciséis años: hacerse un *piercing*, un tatuaje... Todo eso nos empezó a separar.

»Sé que puede parecer una tontería, pero así era. De pronto, comencé a ver a mi hermana como una amenaza para mi estabilidad. Soy consciente de que estas palabras suenan a confesión, pero yo jamás le habría hecho nada malo a mi hermana. Bueno... nada que provocara su desaparición, claro... El caso es que primero empezó a dejar de lado al grupo de amigos que compartíamos. Todos los que lo formaban me preguntaban qué le había pasado, pero yo no sabía responderles. De veras que no lo sabía. Pensé que sería una fase, pero me asusté al ver que empezó a hacer lo mismo con su novio. Harry. Al que he visto antes en el instituto.

»Harry era un chico tranquilo que se desvivía por mi hermana. No es que tuvieran grandes planes, ni que se fueran a casar, porque solo teníamos dieciséis años, claro... Aun así, lo cierto es que habría sido un buen compañero para ella, porque la centraba. Pero, de pronto, Aria empezó a dejarlo de lado sin ningún motivo aparente. Cada vez se veían menos, tenía menos tiempo para estar con él. Y eso frustraba a Harry, y también me frustraba a mí. Porque cada vez que Aria se iba con la otra gente que había conocido, Rachel y sus amigos, volvía con ideas bastante disparatadas en la cabeza. Hablaba de marcharse de Sacramento, de dejar los estudios y de dedicarse a trabajar en cuanto cumpliera los dieciocho. Empezó a maquillarse de forma diferente y se hizo todo lo que había planeado: agujeros en las orejas y el ombligo y varios tatuajes, escondidos, por supuesto, para que nuestros padres no los vieran. No había nada malo en ello, no me malinterpretes... A mí me habría dado igual que llevara todo eso si hubiera seguido siendo la misma persona por dentro. Pero cambió.

»Ahí fue cuando me empecé a sentir cada vez más sola. Aria pasaba poco tiempo en casa. Si yo quedaba con mis amigos, la conversación se centraba más en qué hacía ella que en mí. Si Aria no venía cuando quedábamos, no había manera de que nuestros amigos coincidieran con ella, porque en ese momento estábamos en plenas vacaciones de verano, por lo que no podían encontrársela por los pasillos del colegio. Y entonces fue cuando se me ocurrió hacer algo que no debería haber hecho jamás.

»No sabría decir si la culpa fue mía, suya o de los dos, aunque yo siento que todo empezó por mí. La casa estaba vacía. Mis padres trabajaban, era un día laborable de julio y todavía no tenían vacaciones. Era verano, hacía mucho calor y yo había salido a dar una vuelta en bici por la sombra, como casi todas las mañanas. Aria había quedado con Harry. Yo no sabía dónde, pero me enteré de que había sido en nuestra casa porque, cuando volví, lo vi esperando en la entrada. Me acerqué a él para preguntarle qué hacía, y me explicó que la estaba esperando, pero que no abría la puerta ni respondía a sus mensajes. Le dije que probablemente estaría durmiendo, que no se preocupara. Yo entraría en casa, la despertaría y le diría que se preparara y bajara enseguida. Aparqué la bici en la entrada, donde la dejaba siempre, justo al lado de donde Harry se quedó esperando, y subí al piso de arriba. Pero lo encontré vacío. Aria no estaba allí. La busqué por el baño, la cocina, el salón... y no había rastro de ella. Entonces podría haber bajado simplemente a decirle la verdad a Harry, que probablemente Aria había salido y se le habría olvidado avisarlo de su cambio de planes. Sin embargo, tomé una decisión: me puse su ropa, me cambié la raya del pelo y me hice pasar por ella, como si me acabara de despertar.

»La verdad es que no sabría decirte si él se dio cuenta. Probablemente sí, pero eso era lo que más morbo nos daba. Yo actué como si fuera Aria, y él se hizo el tonto, como si se creyera toda aquella patraña. Nos dejamos llevar. Sabía que lo que estaba haciendo estaba mal, pero me sentía sola, actué como una egoísta porque mi hermana había cambiado y yo ya no significaba lo mismo para ella. No sé si Harry se dio cuenta de que sangré después de acostarme con él porque era la primera vez que lo hacía. Fue algo que jamás comentamos.

»Todo este juego duró varias semanas. Me sentía mal por lo que le estaba haciendo a mi hermana, pero era una sensación tan adictiva que no podía parar. Hacer como que no había ocurrido nada entre nosotros cuando ella estaba delante se volvió un juego cada vez más peligroso, pero nos gustaba. No lo estoy justificando en absoluto; sé que lo que hice estaba fatal.

»Aun así, llegó un momento en el que tuvimos que parar. Un día me miré al espejo y no podía creer en lo que me había convertido: me preocupaba más cuándo volvería a quedarse la casa vacía para encontrarme con Harry que mi propia hermana, a la que se lo estaba ocultando todo. ¿Por qué le había hecho algo así? ¿Qué clase de monstruo era? Me dio un bajón increíble. La verdad es que me lo merecía, me había comportado de una forma impropia de mí. Y así fue como todo paró y ya no volvimos a repetirlo nunca más. Ni siquiera a mencionarlo.

»Sin embargo, me quedé con dos preguntas en la mente a las que nunca había logrado dar respuesta... hasta hoy. Por eso fui a buscar a Harry, quería zanjar cuanto antes este tema que habíamos estado evitando desde que todo empezó. La primera era si él llegó a ser consciente de que era conmigo con quien quedaba y no con ella. La respuesta era de esperar que fuera afirmativa. No habría tenido mucho sentido que no lo supiera, porque, aunque al principio sí fui más meticulosa, con el tiempo empecé a descuidar los detalles.

»La segunda cuestión era: ¿llegó Aria a enterarse de todo? Esto era lo que más me interesaba... Porque, dentro de mí, he estado aguantando esta información durante todo este tiempo... Incluso he llegado a pensar que quizá desapareció por mi culpa, que se marchó tras enterarse. Sin embargo, según Harry, ella nunca llegó a saber nada. Aunque no descartaba la posibilidad de que en algún momento se diera cuenta o nos hubiera pillado algún día sin decirnos nada. Saber ahora todo esto no me ha hecho sentir mejor, porque no elimina mi sentimiento de culpabilidad... ¿Y si se marchó porque nos descubrió? ¿Era un motivo suficiente? ¿Había sido todo por mi culpa? Y, por supuesto, nadie tiene ni idea sobre este asunto. Ni mi familia, ni... la policía. Solo Harry.

»No ha pasado un solo día desde el uno de septiembre del año pasado en el que no me haya arrepentido de todo... Pero ya es demasiado tarde. Si Aria se hubiera marchado por eso, jamás me lo perdonaría... Al igual que tampoco me he perdonado aún lo que hice con Harry en su momento. Es algo con lo que siempre tendré que vivir.

Y me quedé en silencio. Fui consciente de que había hablado mucho, que lo había soltado todo. Respiré hondo como hacía tiempo que no lo hacía, cerrando los ojos. A veces, aunque no cambiara las cosas, decirlas en voz alta hacía que te liberaras de un peso que quizá no te habías dado cuenta de que cargabas. Eso era lo que me acababa de ocurrir.

Por mis mejillas corrían las lágrimas desde el principio, recorriéndome la cara hasta llegar al cuello y mojar mi fino jersey.

A mi lado, Liam no dijo nada. No podía saber si me estaba juzgando o no. La verdad, no me hubiera enfadado si lo hubiese hecho, porque yo habría actuado igual de haber estado en su lugar. Supongo que pensaba que fui una hipócrita por callármelo y quedármelo para mí, confiando en que Harry no diera ninguna pista de nuestros encuentros clandestinos.

El sonido de unos pájaros sobrevolando el campo me hizo volver a la realidad y que me sintiera más presente que nunca.

—No puedes hacer nada por cambiar lo que has hecho, Emily. Deja de castigarte por ello.

Quise contestarle que él no lo entendía, que lo que yo había hecho estaba fatal. Pero, en el fondo, tenía razón. Ya no había nada que pudiera hacer.

—Me siento... Soy —me corregí— horrible.

Liam se encogió de hombros. Me di cuenta de que ninguno de los dos había probado un bocado de la comida que había comprado en la gasolinera desde que había empezado a hablar.

—Todos somos horribles. Todos cometemos errores. Sin ir más lejos, cometemos errores eligiendo políticos que cometen todavía más errores. No es de extrañar que vivamos en un mundo de ineptos.

No supe qué responder a eso, así que seguí el hilo de lo anterior.

—Es algo que no me perdonaré nunca.

—Pues tienes que hacerlo, Emily —insistió él—. Probablemente nunca sepas si tu hermana te lo perdonaría o no. Esto es así... Pero tienes que dejar de torturarte con este tema. No puedes vivir siempre en la rueda de un hámster, dándole vueltas a lo mismo todos los días, sin parar, sin que te lleve a ninguna parte. Creo que está bien que te dieras cuenta de tu error y que te sintieras culpable durante un tiempo, pero no puedes machacarte.

—Liam, podría ser el motivo por el que mi hermana desapareció —respondí, muy seria.

—Lo sé. Pero también podría ser otro diferente. No quiero quitarle importancia, solo hacerte ver que no deberías castigarte todos los días de tu vida por algo que no sabes con seguridad...

Me mordí los labios. Si en algo Liam tenía razón era en que había pasado el último año dándole vueltas a aquello, que no había conseguido liberar mi mente hasta entonces. No lo sabía nadie más que Harry y, ahora, él.

—Cuéntame algo de ti, por favor —le pedí.

Ya lo había sacado todo. Me dolían los ojos de llorar, tanto, que no sabía si seguían brotando lágrimas de ellos. De pronto una leve ráfaga de viento invadió el campo dándome en la cara, haciendo que sintiera mi piel mojada como si fueran afilados cuchillos que se me clavaban como parte de mi penitencia.

—No me gusta hablar del tema... En el grupo de apoyo lo evito; un día decidí contarlo por encima y desde entonces se ha vuelto una pesadilla. Odio que la gente sepa cosas de mi vida, es algo que no puedo soportar. No sé, me gusta tener intimidad —dijo—. Pero te lo voy a contar, porque quiero que lo sepas... después de todo lo que has compartido hoy conmigo.

»Soy incapaz de recordar un día tranquilo en mi casa. No hubo un momento o un suceso a partir del cual se desencadenara la violencia de mi padre hacia nosotros. Simplemente, ha existido siempre. Mi madre se separó de él a los pocos meses de nacer yo, que soy el más pequeño de los cinco. No te quiero liar con nombres, así que te resumo: los dos mayores se fueron de casa hace tiempo. Tanto, que no recuerdo lo que era vivir con ellos. En casa hay alguna foto, pero nada más. Encontraron trabajo en la misma empresa en Dakota del Sur, se fueron a vivir juntos hasta que encontraron pareja y cada uno siguió su camino. Apenas sé nada de ellos, solo que han seguido con sus vidas y que ahora les va bien. No tenemos contacto. De hecho, ni siquiera sé dónde viven, si se llegaron a casar o si han tenido hijos. Cuando yo nací, me sacaban más de diez años, de forma que ahora perfectamente podría cruzarme con ellos por la calle y no reconocerlos. Los otros dos se quedaron, y trabajan para mi padre. Él... tiene un negocio de transporte de mercancías. En un par de ocasiones intentaron meterlo en la cárcel porque lo acusaron de tráfico de drogas, pero no había suficientes pruebas, así que no pudieron hacer nada. No me preguntes si era cierto, porque tendría que contestarte algo que me avergüenza reconocer y que, además, podría meterte en problemas por el simple hecho de... saberlo.

Liam carraspeó. Se pasó la mano por el pelo, apartando un mechón que el viento había acercado a su ojo.

—Durante años, mi padre ha intentado meternos en el negocio a los tres. Poco a poco, mis hermanos han ido cayendo. Logan, el tercero, entró a trabajar en la empresa hace unos años, y lleva allí desde entonces. Stanley, quien me saca solo un par de años, acaba de empezar hace poco. Yo no he querido nunca meterme en sus negocios, pero en mi casa siempre ha habido muchas presiones... Bueno, qué te voy a contar, ya lo viste el otro día.

»Lo peor de todo es que hace un tiempo estuve trabajando para él, cuando todavía no lo habían acusado de nada. Y no llegué a saber lo que transportaba en mis propios viajes. Yo solo llevaba paquetes para sacarme un dinerillo extra y contentar a mi padre y mis hermanos. No sabía lo que había dentro de esas cajas de cartón. Mi padre se dedicaba al transporte de mercancías en general, por lo que a veces llevábamos piezas de maquinaria de una fábrica a otra, productos y alimentos no perecederos, libros... Un poco de todo. Nunca he tenido ningún problema con esto, pero los podría tener en el futuro, porque aunque no supiera lo que llevaba, eso no me eximiría de responder ante la justicia si fuese un delito...

»Y vivo con miedo. Miedo a que un día detengan a mi padre, que nos detengan a todos. Y el problema es que no tengo ninguna manera de huir de esa vida. Mis recursos económicos son muy escasos, y dependo al cien por cien de los demás para tener una casa donde vivir y comida en el plato todos los días. Estoy desesperado, porque cada día en ese lugar es un infierno del que no puedo escapar.

Le apreté la mano cuando terminó de hablar. No estaba llorando, pero sus ojos se perdían en el infinito, donde el sol ya había desaparecido y el cielo estaba cada vez más negro. Solo unas pequeñas franjas de color naranja se veían en los alrededores del punto en el que se había ocultado, y amenazaban con oscurecerse en cualquier momento.

—Lo siento mucho —le dije.

Negó con la cabeza, pero insistí de nuevo.

—No es nada comparable con lo tuyo, Emily. Me fastidia quejarme de esto cuando lo de tu hermana es mil veces peor.

—Es distinto —repliqué.

—Sí, lo es. —Me dio la razón, aunque por otro motivo.

—Sé que lo que te voy a decir va a sonar a locura, pero...

¿por qué no te vienes a mi casa? Puedes quedarte a dormir, comer... no tienes por qué permanecer en la tuya ni un minuto más.

—Te lo agradezco muchísimo, pero no puedo hacer eso. Si me marcho, terminarían encontrándome. Solo tendrían que hacer un par de preguntas a cualquier persona del instituto para saber de ti y se plantarían en la puerta de tu casa. Tendría que irme lejos, a un lugar en el que nunca pudieran localizarme, y no tengo los recursos para hacerlo.

Resoplé. Me sentí impotente por no poder hacer nada por él. Estaba viviendo un suplicio cada día en su casa, y no había manera de remediarlo.

—Y... una última pregunta, solo por curiosidad, no por meterme donde no me llaman. Simplemente quería saber por qué no vienes a clase, sería una forma de escaparte durante unas horas de todo eso.

Sabía que estaba tocando un tema complicado.

Liam entrecerró los ojos. Apenas podía distinguir sus rasgos en la negrura que nos acechaba, pero ninguno de los dos se movió.

—Me trae problemas. Sé que es una forma vaga de excusarme, pero es la verdad. Cada vez que intento hacer algo... es peor. Mi padre tiene un sentido muy estricto de lo que es la familia y no quiere que nos distraigamos de nuestros cometidos. Por eso la mayoría de las veces me quedo en casa, y cuando salgo tengo que poner alguna excusa. No tengo problemas con el grupo de apoyo, por ejemplo, porque es algo que me puedo permitir y es fácil encontrar una excusa para salir un par de horas por la tarde de casa. El resto del tiempo lo paso en el garaje, sacando pasta arreglando bicis y alguna moto que sé cómo funciona, que no son muchas.

No quise preguntar nada más. Liam se removió, volviéndose hacia mí. Me cogió la otra mano y me apretó ambas con fuerza mirándome a los ojos, aunque ya casi no podía verlos, y dijo:

—Emily, olvida todo lo que ha ocurrido antes y yo también lo haré... Aunque solo sea por unos segundos.

Y, con lentitud, sin apartar los ojos, se acercó y me besó. Fue un beso nada parecido al primero, aquel que surgió de pronto durante una conversación en mitad de una fiesta. Sentí como me caían las lágrimas mientras lo hacía, y yo se lo devolví, soltando una de las manos para ponerla sobre su mejilla. Estaba ardiendo, y su calor me contagió una sensación de bienestar a la que no estaba acostumbrada. Dejé que sus labios envolvieran los míos durante un tiempo, y noté que algo se liberaba en mi interior. Hacía tanto tiempo que no me sentía así que pensé que no podría parar de besarlo. Le hice caso y olvidé todo lo que ocupaba mi mente durante aquellos minutos que parecieron segundos.

En esa fracción de tiempo sentí que algo dentro de mí volvía a encajar, la curiosidad y el recelo comenzaron a convertirse en dos piezas que se habían encontrado después de mucho tiempo. Cuando Aria desapareció dejé de ser yo misma, sin ella era imposible estar completa, pero en ese momento y en aquel lugar sentí que volvía a tener mi otra mitad.

Cuando me separé, apenas podía verlo. Noté que me besaba la frente. Oí el sonido de las bolsas que no habíamos abierto. Después, noté que daba un salto que hizo que se moviera la camioneta entera, indicándome que ya había bajado. Sus manos me tocaron los tobillos y me acerqué al borde para que me ayudara a bajar. Aunque no veía nada, me fiaba de él, y me dejé caer hasta que mis pies tocaron el suelo. Sus manos abandonaron mi cintura y esperé en silencio a que arrancara el motor y encendiera las luces, cegándome durante unos instantes.

Subí a mi asiento y tomé una decisión, algo que jamás pensé que habría compartido con una persona a la que había conocido hacía tan poco tiempo, pero con la que conectaba más que con ninguna otra que llevara años en mi vida.

Le hablé de la última vez que vi a mi hermana.

*Mi despertador sonó aquel uno de septiembre. Todavía no habían comenzado las clases, pero yo me quería ir acostumbrando a despertarme pronto para que la vuelta al colegio no se me hiciera tan dura como las últimas veces. Mi hermana se removió en la cama, pero no se levantó. Probablemente se dio la vuelta y siguió durmiendo.*

*Cogí mis cosas y fui directa a la ducha para despejarme. Normalmente me vestía e iba a dar una vuelta en bici y me duchaba después, pero aquel día me tenía que lavar el pelo. Quería aprovechar que el baño estaría libre durante un tiempo. Esperé un rato a que el agua saliera caliente para meterme debajo, y dejé que despertara cada curva de mi cuerpo. Utilicé un champú nuevo que mi madre me había comprado, con olor a menta, y me hizo sentir como nueva. No estuve más de diez minutos en el baño, y cuando salí mi hermana seguía en la cama.*

*Bajé la escalera en dirección a la cocina y me preparé el desayuno. Mi padre estaba despierto, y lo ayudé a sacar la ropa de la lavadora que había puesto la noche anterior mientras se me secaba el pelo. Después, salimos al pequeño jardín que había en la parte de atrás, justo donde daba la ventana de nuestra habitación en el piso de arriba. No era muy grande, tendría poco más de veinte metros cuadrados, pero me encantaba salir a que me diera el sol. Hice un par de sopas de letras de los cuadernillos que mi madre compraba todas las semanas y, cuando me aburrí, subí a coger el móvil a mi habitación. Mis intentos de no hacer ruido para evitar despertar a Aria fueron en vano, ya que cuando llegué me di cuenta de que ya se había levantado. Subí la persiana, dejando que la luz natural entrara en el cuarto, y apagué la lámpara del techo y la del baño.*

*Mi hermana ya estaba vestida y arreglada. Llevaba puesta una camiseta gris oscura de uno de sus grupos de música favoritos, Joy Division, unos vaqueros negros y unas zapatillas también negras con plataforma. Se había maquillado como todos los días: una gruesa capa de base y lápiz de ojos.*

*—Me voy —me dijo, antes de que pudiera preguntarle—. He quedado. Tengo que hacer unas cosas. —Esperó unos segundos—. Adiós —dijo luego.*

*Me parecieron demasiadas explicaciones para lo que solía decirme normalmente. Si aquel hubiera sido un día cualquiera, un simple «hasta luego» habría bastado.*

*Asentí con la cabeza para despedirme de ella, distraída, leyendo las notificaciones del móvil.*

*A lo largo de los siguientes meses revisé aquellas palabras hasta exprimirlas, intentando encontrarles algún sentido que no hubiera sido capaz de descifrar. Pero solo era una simple despedida, nada más. Ni siquiera la miré a los ojos.*

*Jamás imaginé que aquella sería la última vez que la vería.*

# 13

La sala de delegados parecía un gallinero cuando entré. No tenía ni idea de qué estaban haciendo, pero parecía que todos se habían vuelto locos. Que yo supiera, no había a la vista ninguna fiesta, evento o cualquier cosa que necesitara organización. Sin embargo, la gran mayoría de mis amigos se amontonaban alrededor de la mesa principal de aquel antiguo almacén. Otros daban vueltas, hablando por teléfono con cara de agobio.

—¿Qué está pasando? —le susurré a Lorenzo en cuanto vi que se apartaba de la conversación, de la que solo había podido oír las palabras «arena» y «esta noche».

—Quieren organizar una especie de barbacoa, o lo que sea, esta noche en la playa —me respondió al instante—. Han oído que habrá estrellas de esas que se mueven... ¿Cómo se llaman...?

—¿Estrellas fugaces? —apunté.

Él asintió con la cabeza, y todos sus rizos se movieron a la vez, como si fueran bailarines en una interpretación perfectamente coordinada.

—Eso, eso... Eh... Tú vendrías, ¿verdad?

—¡Sí, Emily, ven! —chilló Cora, que se había incorporado a la conversación.

—Madre mía, Cora, desde que ganaste la apuesta estás emocionadísima —bromeó Lorenzo.

Abrí la boca, haciéndome la ofendida, y ella le lanzó a Lorenzo una mirada asesina.

—¡Se lo has contado! —la acusé, señalándola con el dedo.

—Jo, ¿cómo iba a resistirme? —intentó justificarse.

Lorenzo se rio, cómplice de nuestro secreto.

—Bueno, pero vendrás, ¿no? Será guay. Estamos pidiendo permiso para hacer las fogatas en la arena.

—Sí, claro —respondí—. Avisaré a Liam.

Mi inocente comentario suscitó risitas entre mis amigos.

—Uuuuuuuy —dijo Cora—. Si es que soy una visionaria, os lo llevo diciendo...

—¡Trae bañador! —gritó Lorenzo a modo de despedida, alejándose de nosotras.

El timbre que anunciaba el final del descanso sonó y le dije adiós a Cora con la mano para salir en dirección a mi clase. Me tocaba Geografía, pero antes quería hacerle una pequeña visita a Liam, que había pasado esa media hora con sus amigos.

Me gustaba verlo por los pasillos. Que Liam hubiese vuelto al instituto era genial, porque, según él, habían mejorado las cosas en casa. Y se le notaba. Estaba más alegre y las señales de violencia física habían desaparecido de sus nudillos.

—Me encanta cómo te queda ese jersey —me dijo a modo de saludo, a lo que le contesté con un beso.

Nunca nos habíamos besado en público, y mucho menos en los pasillos del instituto, pero en los últimos días habían cambiado tantas cosas que me hicieron pensar en lo que merecía la pena verdaderamente. Tenía una persona que me apoyaba, con la que lo pasaba bien y podía ser yo misma, ya fuera dando un paseo por el puerto o recorriendo en bici el camino a los acantilados que conocía de memoria. El lugar no era lo importante, sino el hecho de que ambos habíamos encontrado nuestro sitio en un mundo que nos había tratado muy mal.

Liam me acompañó hasta la puerta de mi clase, y me despidió con la mano cuando un montón de compañeros entraron con prisa al ver que se acercaba el profesor. Muchos de ellos todavía no se habían enterado de lo nuestro y se quedaron alucinados al vernos. En el fondo, no me molestaron esas miradas, porque sabía que había otras mucho peores.

Desde que todo iba tan bien entre nosotros, no podía evitar reprimir una sonrisa, aunque estuviera en mitad de una tediosa clase de Geografía. Lorenzo era el primero que se había dado cuenta y bromeaba con ello casi todos los días. Aunque por más que yo lo negara, él insistía en que ya había algo entre Liam y yo desde que cambié la ruta para ir a clase. Yo sabía que no había sido así, pero él era feliz creando sus propias telenovelas.

`Esta noche lo traes, ¿verdad?`

Me preguntó Lorenzo. Estábamos sentados uno al lado del otro, pero la clase estaba completamente en silencio, de manera que muchas veces recurríamos al móvil para hablar entre nosotros.

`No lo sé, supongo que querrá venir.`

Le respondí.

Abrí inmediatamente la conversación con Liam, a quien tenía en mi agenda como «L.» seguida de un corazón amarillo.

`Esta noche hay una especie de fiesta/barbacoa en la playa. Va a ir un montón de gente del curso, ¿te apuntas?`

Le pregunté.

No tardó mucho en conectarse y leer mi mensaje.

`Bien sûr!`

Me contestó en francés.

No me di cuenta de que lo había hecho porque estuve dando clase de esa asignatura hasta varios minutos después.

¡Genial! Llévate bañador.

Le advertí, tal y como había hecho Lorenzo conmigo.

Volví a abrir la conversación con mi amigo y le respondí que sí, que Liam vendría con nosotros. Me respondió con un montón de emoticonos de aplausos y yo le puse uno de una carita que sacaba la lengua.

Tenía tantas ganas de que llegara la noche por aquel plan improvisado que la tarde se me hizo eterna. Me arrepentí de no haber avisado a Liam para que viniera a pasar la tarde a mi casa, pero aproveché para hablar un rato con mi madre. Era jueves y tenía un grupo de alumnas que venían una hora y media a casa, así que estuve con ella hasta que llegaron. Cuando sonó el timbre, subí a mi habitación y estuve haciendo tiempo hasta que terminaran. Durante media hora preparé unos deberes que tenía que entregar la semana siguiente, pero me cansé y decidí dejarlos para el fin de semana.

Extendí la mitad de mi armario sobre la cama, intentando averiguar qué tipo de ropa solía llevarse en una salida como aquella. Opté por unos vaqueros normales y corrientes y un jersey grueso. Estábamos casi en noviembre y por las noches había comenzado a refrescar, sobre todo por la brisa, así que no quise arriesgarme a pasar frío. Elegí una camiseta cualquiera y un jersey rojo con rayas horizontales rosadas. Todavía no me lo había puesto desde el invierno anterior.

Preparé también mi mochila, metiendo varias cosas que pensé que podrían ser útiles, como un par de toallas para sentarnos sobre ellas y crema protectora para la cara por si acaso el sol no se había puesto del todo cuando llegáramos a la playa.

No dudé mucho a la hora de elegir bikini: cogí mi favorito del armario, uno que era blanco en la parte superior y verde oscuro en la inferior, con un pequeño dibujo de una ballena.

Hice tiempo revisando todas mis redes sociales hasta que me aburrí y le escribí algo a Liam. No me respondió; imaginé que estaría ocupado. Me tumbé en la cama, frotándome los ojos. Los tenía cansados de estar tanto tiempo seguido mirando a una pantalla.

Di un bote cuando noté que alguien me zarandeaba. Era mi madre. Me había quedado dormida. Al otro lado de la ventana ya no había luz, y sentí que el corazón se me aceleraba de golpe.

—¿Qué hora es? —fue lo primero que dije mientras me ponía de pie de un salto.

—Las nueve, cariño —respondió ella—. Pensaba que habías salido mientras estaba dando clase, por eso no te había dicho nada, hasta que al ver que no respondías a mis mensajes he subido a ver si seguías por aquí...

—Jo, mamá, haberme despertado, haberme dicho algo, no sé... —me quejé mientras me desvestía en dos segundos.

Me puse el bikini a toda prisa. Agradecí en voz alta a mi yo del pasado por haberlo dejado todo preparado en una esquina de la cama, y corrí pitando hacia la puerta con la mochila colgada de un hombro. Le di un beso a mi madre antes de salir. Una ráfaga de aire frío me agitó el pelo, y me alegré de haberme abrigado bien.

Monté en la bici, quitando el candado en un tiempo récord y colgándolo de la parte de atrás. Me impulsé con los dos pies sobre el asfalto y salí en dirección a la playa. Había salido con tanta prisa que me había olvidado de coger el móvil.

No sabía exactamente en qué parte de la playa estarían, solo que estaba lejos del puerto, donde solía ir con Liam a pasear, y que tenían que estar cerca de una heladería, porque era donde habían quedado. No podrían andar muy lejos de allí, entonces. Tardé menos de cinco minutos en llegar y un segundo en localizarlos. En la oscuridad de la playa, donde las farolas no alcanzaban a iluminar, se veían unas llamas. Desde el paseo marítimo podían oírse algunas voces, acompañadas de risas, que eran imposibles de distinguir. Aseguré la bicicleta con el candado que Liam me había dado hacía más de un mes y fui hacia ellos, nerviosa. Sabía que mis amigos estarían por allí, pero era incapaz de reconocer quién era quién a esas horas y con tan poca luz.

—¡EMILY! —chilló alguien que reconocí al instante como Cora.

Vi como una figura corría hacia mí y me abrazaba.

—Te has hecho de rogar, ¿eh? —dijo Lisa detrás de ella.

—Me he quedado dormida —me sinceré.

—Ya, ya —intervino Lorenzo, apareciendo detrás de mí—. Estábamos a punto de meternos en el agua. ¡Vamos! ¡He metido el pie y está genial!

Miré hacia delante. El océano parecía una enorme masa negra, lisa, sin apenas olas. Y lo cierto era que me daba un poco de respeto meterme en el agua de noche.

—Voy, dame un segundo para que guarde mis cosas —respondí, pero él ya había salido corriendo en dirección opuesta.

Me reí para mis adentros y busqué a Liam con la mirada. No tardé en encontrarlo. Estaba sentado con el grupo de amigos con los que lo veía por el instituto y que habían empezado a saludarme por los pasillos cuando me cruzaba con ellos.

—Hey —lo saludé, acercándome hacia donde estaban.

Habría más de cuarenta personas en aquel trozo de playa, todas ellas dispersas en pequeños grupos alrededor de la hoguera.

—¿Has descansado? Ya he oído que te has quedado dormida —me respondió él bromeando mientras se ponía de pie.

—Sí, y ha tenido pesadillas contigo —terció uno de sus amigos.

Yo lo miré y asentí con la cabeza, levantando las cejas y dándole la razón. Nos dimos un beso rápido y me encogí de hombros.

—Estaba reventada, la verdad —admití—. ¿Habéis empezado a comer?

—No, qué va, esto va para largo —me respondió él.

Aprovechó ese instante para introducirme en su grupo de amigos, con los que nunca había intercambiado más que un par de palabras en las clases en las que coincidíamos. Estuvimos hablando varios minutos hasta que una voz gritó mi nombre.

Casi todo el mundo se volvió al oír el berrido que Lorenzo había pegado desde el océano. El agua lo cubría hasta el ombligo, y hacía señas para que me uniera a ellos.

—El deber me llama —le dije a Liam, quitándome rápidamente la ropa. Me dio un poco de vergüenza desvestirme así, delante de todos, pero afortunadamente estaba oscuro y la luz de la hoguera jugaba a mi favor, haciendo que solo se viera mi silueta.

—¡Ya voy! —respondí, caminando rápido hacia la orilla.

Lorenzo no estaba solo. A su alrededor, Cora, Alice y Josie intentaban hundirlo para que se le mojaran los rizos. También estaba Alfred, su mejor amigo.

—¡Queremos ver qué pasa cuando los metes en el agua! —le gritaban las chicas, y Lorenzo intentaba defenderse como podía, hasta que finalmente Josie le hizo perder el equilibrio y cayó hacia atrás. A los pocos segundos asomó la cabeza, escupió agua y se lanzó a por ella para devolverle la jugada.

—¡Se han quedado igual! —chilló Cora, entre emocionada y decepcionada por el resultado.

Caminé por la orilla hacia donde estaban mis amigos. En cuanto mis pies empezaron a pisar la arena mojada, sentí una enorme sensación de paz. El agua estaba templada, y había un olor a mar tan característico que parecía irreal. Di varios pasos sintiendo como el agua iba subiendo por mi cuerpo, hasta que me cubrió el ombligo cuando me uní a ellos.

—Hola —me saludó Alice.

—¿Qué le hacéis al pobre Lorenzo? —pregunté, mientras él perdía su batalla con Josie.

—Nada, vengarnos de una vez que montamos en un barquito de esos de alquiler y nos empujó por la borda haciéndonos creer que había peces. Nos acercamos al agua para comprobarlo y ya te puedes imaginar...

—¡Había peces de verdad! —respondió Lorenzo, un par de metros más allá, dándose por aludido.

Di unos pasos más y dejé que me llegara el agua hasta el cuello, fundiéndose con mi pelo. Me sorprendió que a esas horas la temperatura se mantuviera tan bien. De vez en cuando pasaba alguna corriente fría, haciendo que agradeciera cuando volvía a una zona en la que el agua permanecía caliente.

Pasaron los minutos haciendo el idiota y jugando con mis amigos, lanzándonos agua y tocándonos los tobillos como si hubiera un tiburón acechándonos.

Me tumbé boca arriba, dejándome llevar, y cerré los ojos. El mar estaba en calma, pero se notaban los pequeños movimientos que desembocaban en la orilla en forma de olas.

Estuve así un rato hasta que Liam apareció a mi lado, de la nada, dándome un susto de muerte.

—¡Bu!

—¡Ahhh! ¡Te odio! —grité, lanzándole agua a la cara como mecanismo de defensa.

Él se rio mientras protestaba quitándose el agua que le había entrado en los ojos.

Miré a su alrededor y vi que había venido solo.

—Les caes bien a mis amigos —me dijo, intentando recuperar mi confianza.

—Pero si casi no he hablado con ellos —reconocí, encogiéndome de hombros.

—Y yo que sé, Emily, eso es lo que me han dicho.

Se rio, cogió aire y se sumergió durante unos segundos en el océano. Salió con el pelo hacia abajo, como si llevara flequillo.

—¡Hala! Déjame peinártelo, porfa —le supliqué.

—Bueeeno —cedió él, quedándose quieto mientras jugueteaba con su pelo.

Le puse varios estilos diferentes: pelo totalmente liso, punky, con la raya en el medio... Cuando se cansó de que jugara con él, se volvió a meter en el agua, salió y se agitó como si fuera un perro, lo que hizo que el pelo se le quedara apuntando en todas las direcciones posibles.

—Mira eso —me dijo, señalando con la cabeza hacia la costa mientras se me acercaba.

Le rodeé el cuello con los brazos y él pasó los suyos por mi cintura. Sentir su tacto debajo del agua era extraño, diferente.

—¿Qué? —pregunté, sin saber bien a qué se refería.

—Estas últimas semanas contigo han sido increíbles, de verdad. Fíjate en toda esa gente —volvió a decir—. Hay un montón de personas, pero desde que te conozco eres la única chica que veo aquí. La única chica con la que puedo ser yo mismo.

Sonreí y me acerqué a él para besarlo. Tenía los labios mojados y nada más rozarlos noté un intenso sabor a sal. Liam me devolvió el beso y pasamos un rato así, con el agua hasta los hombros, abrazados. Rodeé sus piernas con las mías y me sentí refugiada en él, en su calor y en la relación que habíamos formado entre dos personas que habían sido incapaces de amar.

*Aria, Aria, Aria, Aria...*
*¿Perdida?*

*Perdida.*

# 14

Todavía me quedaban muchos lugares por conocer de Crescent City. Desde que había llegado a la ciudad, en varias ocasiones había deambulado por sus calles para explorar sitios nuevos, pero no había tenido la oportunidad de visitar la zona sur, que era menos turística. Por eso, cuando Liam me propuso ir a un sitio del que había oído hablar en el instituto pero nunca había visitado, acepté enseguida, y aproveché que el sol todavía seguía alto en el horizonte para dar una vuelta por los alrededores de The Moon. La tranquilidad que se respiraba en el ambiente me relajó, y dejé la mente en blanco durante todo el trayecto. Sentir el sol sobre la piel y el aire en la cara me hizo sentir bien, y por un momento sentí que la ciudad me había adoptado como a una más entre sus habitantes.

Di un par de vueltas a la manzana para hacer tiempo hasta que mi reloj analógico marcó las seis y media de la tarde. Bajé de la bici en cuanto encontré un lugar donde poderla sujetar con el candado y miré el cartel de The Moon. Las letras estaban formadas por unos neones un poco viejos pero que le daban un aspecto *vintage*. Entré con cuidado de no tropezar en los escalones. Aquel lugar era una mezcla entre un bar y un pub y, según tenía entendido, mucha gente de mi instituto acudía allí para celebrar el fin de las clases cada viernes, aunque estuviera a más de un cuarto de hora de distancia andando desde allí.

Yo todavía no lo conocía, por lo que me puse un poco nerviosa cuando Liam me propuso que fuéramos. No por el hecho de ir a un sitio nuevo, sino por todas las personas que podrían reconocernos cuando pusiéramos un pie en ese lugar. ¿Qué pensarían nuestros compañeros de clase que no tenían ni idea de mi relación con Liam? ¿Se fijarían en nosotros? No sabría decir si se sorprenderían o si me mirarían con compasión por algún motivo. Liam era una persona poco conocida, por lo que mucha gente tenía una opinión difusa de él y se dejaba llevar por lo que se comentaba en los pasillos del instituto. ¿Apostarían sobre cuánto tiempo iba a durar esto? Lo único de lo que estaba segura era de que íbamos a atraer las miradas de más de uno. Pero, en el fondo, era algo a lo que estaba acostumbrada.

Cuando llegué vi que Liam ya me estaba esperando en la barra. Lo miré a él e instintivamente recorrí el local con los ojos, reconociendo al instante a un grupo de mi clase de Historia, tragué saliva, pero intenté ignorarlos. En ocasiones me daba igual lo que la gente pensara de mí, pero otras veces me resultaba imposible no darme cuenta de que había una alta probabilidad de que las personas a mi alrededor estuvieran cuchicheando. Lo saludé con un beso y traté de olvidar el entorno.

Me adentré en el bar con Liam y nos sentamos a una mesa al fondo a la izquierda, en una esquina, justo al lado del billar. Había un grupo de gente que no me sonaba de nada jugando, y me relajé. No podía dejarme llevar siempre por el miedo, tenía que aprender a dejar de pensar que, cuando hubiera un cuchicheo, seguramente sería sobre mí.

—¿Qué quieres tomar?

La voz de Liam, que hasta entonces había permanecido en silencio, me sacó de mis pensamientos. Había vuelto a entrar en un bucle, que era precisamente lo que quería evitar.

—Eh... —intenté pensar rápido—. ¿Hay algún menú o algo?

Liam negó con la cabeza.

—Lo tienes todo escrito al lado de la barra—me indicó.

Le hice caso y miré hacia allí. La pared detrás de la barra estaba forrada con pizarras en las que se anunciaban bebidas frías, calientes y alcohólicas con unas letras redondas y de color plateado. En aquel sitio había poca luz, pero se distinguía a la perfección lo que ponía. Mis ojos me llevaron de forma inevitable a la zona de cervezas, donde distinguí el nombre de la marca preferida de mi hermana. Pensé en que ella no habría dudado a la hora de pedir algo en ese bar.

Pronuncié el nombre de aquella cerveza, que también era alemana, como mis grupos de música favoritos y las maquetas de aviones que a ella tanto le gustaba construir.

—Pues mira, voy a pedir la misma, porque nunca he probado esa marca —me dijo, y fue hasta la barra, dando unos golpecitos con los nudillos en la mesa antes de alejarse.

Entonces miré a mi alrededor para estudiar aquel lugar, intentando evitar al grupito que conocía. No quería cruzar la mirada con ellos porque no tenía la suficiente confianza para entablar una conversación que no fuera incómoda. La poca luz que había era sin embargo suficiente para distinguir las diferentes zonas en que se dividía el local: la entrada, la barra, el billar y una diana que se encontraba justo al lado del pasillo que llevaba al servicio. La música que sonaba de fondo estaba alta, pero no conseguía eclipsar el alboroto que estaban montando en una mesa de casi diez personas que había en el centro del bar.

Volví la vista hacia la barra y vi a Liam con un pie apoyado en el travesaño de un taburete. Llevaba su atuendo habitual, una camiseta básica y pantalones de chándal. Se volvió mientras esperaba las cervezas y me pilló mirándolo. Me lanzó una sonrisa curiosa y se la devolví encogiéndome de hombros.

En ese momento, el camarero dejó dos jarras sobre la barra y Liam sacó varios billetes de su cartera. Me entretuve jugando con el servilletero que había en nuestra mesa hasta que llegó.

—¿Cuánto te debo? —le pregunté, sacando el monedero del bolso. No me gustaba llevar bolsos enormes, por lo que casi siempre iba con el mismo, en el que me cabían justo las llaves, la billetera y el móvil.

—Nada —respondió él.

Puse mala cara. No me gustaba que me invitaran, me hacía sentir mal, pero sabía que Liam era tan cabezota que no conseguiría hacerlo cambiar de opinión.

—Vale, pues a la siguiente invito yo —propuse con una sonrisa.

—Genial —respondió él, dando un trago a la cerveza.

En cuanto la probó, le cambió la cara y frunció el ceño.

—¡Está muy amarga! —exclamó, dando otro sorbo para comprobar si su primera impresión había sido la correcta.

Me encogí de hombros y yo también me di cuenta de que tenía un sabor muy fuerte, sobre todo al final, pero no era la primera vez que la tomaba. Ya la había probado en otras ocasiones con Aria. Pensé que volver a beberla, después de tantos meses, me trasladaría al pasado, a las reuniones en las que todavía estaba ella. Pero, para mi sorpresa, aquello no ocurrió. No tuve ningún recuerdo vívido, sino todo lo contrario. Fui más consciente que nunca de dónde estaba y, sobre todo, con quién.

—¿Qué planes tienes para este fin de semana? —le pregunté a Liam, aunque al momento me di cuenta de que quizá había sido un error.

—Pues la verdad es que voy a estar un poco liado —reconoció, secando la humedad que empezaba a gotear de su jarra y mojaba la mesa—. Me han traído una moto para arreglar a la que le faltan varias piezas que sé que no puedo encontrar en Crescent City, así que me tocará dar un paseo.

—¿Adónde? Quiero decir, ¿tienes que irte a otra ciudad o algo?

Él negó con la cabeza.

—No, qué va, no está muy lejos. Es más la pereza de tener que desplazarme que otra cosa.

Me explicó que tenía que ir a un taller que se encontraba a sesenta kilómetros de la ciudad, donde podía encontrar todo lo que necesitaba a un buen precio y de mucha mejor calidad que si lo compraba en otra tienda que conocía. Me estuvo explicando durante un rato a qué se dedicaba exactamente, qué tipo de vehículos sabía arreglar y de dónde había surgido esa pasión por montarlos y desmontarlos. En realidad todo había empezado cuando le regalaron su primera bici y se le rompió. Tenía quince años, y aunque había utilizado alguna vez las bicicletas de sus hermanos, nunca había tenido una propia hasta entonces. Tuvo que arreglársela solo, porque su padre se negó a pagar la reparación y, por supuesto, tampoco quiso comprarle una nueva. Fue aprendiendo por su cuenta y con ayuda de internet hasta que se atrevió a probar con motos pequeñas. Los coches no le interesaban tanto, pero también sabía toquetear un par de cosas.

—Tu bici es una pasada —me dijo, cambiando de tema. A Liam le costaba hablar de sí mismo y casi siempre recurría a cambiar de tema cuando la conversación se centraba demasiado en su persona.

—En cuanto la vi me enamoré, fue amor a primera vista —dije riéndome—. Una de las cosas que me encantan de esta ciudad es que apenas hay tráfico, por lo que puedes salir de casa e ir a cualquier parte en bici sin tener que estar pendiente de cada semáforo, cruce... No, aquí todo es mucho más tranquilo.

Liam asintió y dio otro trago a su cerveza. A pesar de que le había parecido muy amarga, se había bebido casi la mitad en el poco tiempo que llevábamos en el bar.

—¿Y tú que vas a hacer este fin de semana? —me preguntó, curioso.

—Supongo que aprovechar para recoger un poco mi habitación, que está hecha un desastre. También tendré que estudiar algo, pero me da una pereza terrible...

—¿Qué asignaturas estás haciendo?

Estuvimos hablando de las clases y de la gente del instituto. Liam me hizo muchas preguntas sobre el grupo de delegados, y para cuando me di cuenta ya llevábamos una hora allí. El tiempo parecía pasar demasiado rápido cuando estaba con él, y en muchas ocasiones me descubría a mí misma sonriendo y descansando mentalmente. En los últimos meses, a pesar de que había vuelto a dormir casi ocho horas diarias , había sentido que era incapaz de darle una pausa a mi mente. Que por mucho que mi cuerpo estuviera bien, mi cabeza le daba vueltas a todo, sin parar, sin darme tregua ni un solo segundo. Pero ahora, con Liam, las cosas habían cambiado. No me sentía mal por dejar de pensar en mi hermana durante varias horas, sino que hasta llegué a pensar que me merecía algo así. Me merecía intentar ser feliz aunque solo fuera un ratito al día, y lo mismo pensaba para Liam. Éramos como un espejo el uno del otro, porque cuando uno estaba feliz, esa alegría se veía reflejada en los ojos del otro.

Liam puso la mano sobre la mesa y estiré la mía para cogérsela. Estuvimos así un rato, hablando de tonterías, de cuáles habían sido las canciones de nuestra infancia y de nuestros programas de televisión favoritos, aquellos que a todo el mundo le daba vergüenza admitir que veía. A Liam no le gustaba mucho la televisión, pero reconoció que de vez en cuando se ponía vídeos de concursantes de *Factor X* durante horas y no podía parar. Con alguno, reconoció que se había emocionado tanto que se le habían saltado las lágrimas.

—¿Segunda ronda? —le propuse cuando vi que había terminado su cerveza hacía un rato y yo estaba a punto de acabar con la mía.

Él se encogió de hombros.

—Si insistes… Pero algo más suave para mí, por favor —me pidió, y no pude evitar una risita.

Cogí el bolso y fui hacia la barra. El grupo de chicos que había visto al principio, nada más llegar, ya se había marchado. En su lugar había tres personas adultas. Me sorprendió que a esa hora el pub estuviera vacío, porque lo había imaginado diferente, con más vida, sobre todo en viernes. Sin embargo, todo parecía estar bastante tranquilo.

Me senté en un taburete para hacer tiempo mientras el camarero que antes había atendido a Liam les preparaba unas copas a un par de chicas que había en la otra punta de la barra. Miré hacia Liam, pero él estaba de espaldas a mí, por lo que no pude verle la cara. Me distraje, esperando a que el camarero estuviera libre, y me fijé en un par de personas que entraban en ese momento en el bar.

Cuando abrieron la puerta, la luz que se coló desde la calle no me dejó verles la cara, y no reconocí a uno de ellos hasta que se puso a mi lado. Su cara me sonaba, pero era incapaz de recordar de qué. Probablemente sería alguien con quien compartía clase o simplemente me lo habría cruzado varias veces por los pasillos del instituto. El otro no tenía ni idea de quién era.

—¿Y esta belleza? —le dijo el que yo conocía al otro dándole un codazo, lo suficientemente alto para que yo lo oyera.

Su amigo se rio.

—Oye, guapa, ¿qué haces aquí? No te había visto nunca —insistió el segundo, que apestaba a alcohol.

Los dos volvieron a reírse y yo intenté ignorarlos. El camarero se acercó a nosotros en ese momento, pensando que íbamos juntos. Pedí las dos cervezas y uno de ellos volvió a dirigirse a mí.

—Vaya, así que no estás sola. ¿Has venido con una amiga o estás pillada? —Su voz era mucho más grave que la de su amigo, y su vestimenta y el pelo rapado le daban un aspecto amenazante.

No quería contestarles, pero los nervios me impidieron quedarme callada.

—Dejadme en paz, por favor —les solté.

Ni siquiera supe por qué utilicé esas dos últimas palabras, pero enseguida me di cuenta de que había sido un error. Eso no hizo más que atraer su atención. Se pusieron uno a cada lado y empezaron a hacerme preguntas. El camarero estaba a unos metros, poniendo las cervezas y seguramente pensando que íbamos juntos, y de pronto mi mente se puso en lo peor. Liam estaba de espaldas y no se daba cuenta de lo que ocurría, así que no tenía a nadie que pudiera ayudarme en ese momento.

Intenté pasar de ellos sacando el móvil del bolsillo, y entonces se me ocurrió abrir el chat con Liam y escribir solo tres letras.

Ven.

El camarero dejó las cervezas sobre la barra. Las pagué rápidamente con el importe justo, para no tener que quedarme esperando el cambio. No quería permanecer ahí ni un segundo más.

—Oye, ¿qué pasa? ¿Ni siquiera nos vas a decir tu nombre?

—Emily —dijo alguien, pero no fui yo.

Liam apareció detrás de mí. De pronto, la situación a mi alrededor cambió. Vi que uno de ellos, el que no conocía, se ponía rígido. El otro, sin embargo, no pudo evitar soltar una carcajada.

—Vaya, vaya, ahora lo entiendo todo —dijo este último—. De modo que sí que estás cogida.

Su comentario no le hizo gracia a nadie. Liam me rozó el hombro y me dijo que me fuera, pero no pude moverme.

—Así que tienes una cita —dijo el otro.

Lo miré de nuevo a la cara y entonces fue cuando caí. No me sonaba porque estuviera en mi clase ni por haberlo visto por los pasillos. La persona que tenía delante era el hermano de Liam. Unos días atrás había presenciado un enfrentamiento entre ambos, y ahora los tenía justo delante. Supuse que el otro también sería su hermano.

—Venga, hasta luego —dijo Liam, cogiendo las cervezas y haciéndome de nuevo un gesto para que me apartara de allí cuanto antes.

Mis piernas reaccionaron y me levanté del taburete, saliendo disparada detrás de Liam en dirección a nuestra mesa. No habíamos dado ni tres pasos cuando alguien me agarró con fuerza del brazo y tiró de mí hacia atrás . Proferí un quejido que alertó a Liam. Se dio la vuelta, dejó las jarras de cerveza en la mesa más próxima a donde nos encontrábamos y se lanzó sobre su hermano, apresándole con fuerza el brazo con el que me estaba reteniendo.

—¡Suéltala! —gritó.

Un par de personas se volvieron hacia nosotros, alarmados, pero enseguida se dieron la vuelta y volvieron a centrarse en sus conversaciones.

—¿O qué? Ya sabes que me encantan tus novias, Liam, no puedo evitarlo, así que entenderás que quiera conocer un poco más a este bombón.

Intenté liberarme de su mano mientras hablaba, pero no podía, y con cuanta más fuerza me debatía, más daño me hacía a mí misma.

Liam me miró a los ojos, después al brazo de su hermano, y le cambió la cara de pronto. En sus rasgos no leí rabia, ni agresividad, sino algo que me asustó todavía más: miedo.

—No te lo voy a repetir dos veces —dijo.

Su tono no sonó autoritario, sino más bien pareció una súplica. Sentí cómo los dedos que me aprisionaban se ceñían todavía más sobre mi brazo en lugar de liberarlo. Vi que se estaba poniendo rojo y gemí de dolor. Su hermano le aguantó la mirada unos segundos, mientras el otro observaba la escena divertido. Durante esa fracción de tiempo, que parecieron minutos enteros, temí volver a presenciar una escena como la que había vivido en la puerta de la casa de los Carter, escondida tras el seto. Sin embargo, de pronto, toda la tensión del ambiente desapareció en cuanto el hermano de Liam abrió la mano y me soltó. Me aparté de él instintivamente y me di cuenta de que había permanecido sin respirar, aguantando el aliento y concentrada en mi brazo. Cogí aire y sentí que todo volvía a estar como antes. Fui consciente de dónde nos encontrábamos, rodeados de gente que probablemente nos estaría observando con curiosidad. La música seguía sonando, ajena a la escena que se había montado.

—Te veré en casa —le dijo su hermano a Liam en tono amenazante. Le dio un codazo a su otro hermano en el costado y le indicó con la cabeza que se marchara con él. Nos lanzaron una última mirada, primero a mí y luego a Liam, y salieron por donde habían entrado apenas unos minutos antes.

Aún no se había cerrado la puerta y Liam ya estaba preguntándome si me habían hecho daño.

—No pasa nada, solo que ha apretado con mucha fuerza, pero no es grave —le dije, mirándome el brazo. Las marcas ya habían desaparecido, y a simple vista parecía estar todo normal, aunque me molestaba si lo tocaba.

—Lo siento muchísimo... joder. ¿Quieres que nos vayamos? No me importa si no quieres quedarte, siento un montón que haya pasado todo esto, es que ya sabes que...

—No pasa nada —lo interrumpí.

Sabía cómo era la relación de Liam con su familia, y sobre todo era consciente de que todo aquello no era su culpa.

—Nos quedamos —insistí, al ver que no estaba del todo convencido.

Nuestras cervezas seguían en el mismo sitio en el que Liam las había dejado. Las recuperamos y volvimos a nuestra mesa. Eché un vistazo a mi alrededor para ver si alguien se había percatado de la escena y vi que varias caras se giraron evitando mi mirada en cuanto las descubrí mirándome. Por supuesto que lo habían visto, el grito que le había pegado Liam a su hermano no había pasado desapercibido. Sin embargo, cada uno volvió a sus asuntos y nosotros pasamos página enseguida. Liam pareció animarse cuando le enseñé un vídeo que había encontrado el día anterior en Twitter, y sentí que la situación volvía a la normalidad. Nuestra normalidad.

Continuamos hablando de la gente de clase, de los profesores y las asignaturas durante más de una hora. Él me habló de un profesor que a mí no me daba ninguna materia pero que, desde su punto de vista, era el mejor del instituto. Cada vez que los alumnos tenían clase con él, nada más empezar les dejaba diez minutos para leer el libro que quisieran. La idea era que, sumando diez minutos cada día, conseguía que muchas personas abrieran un libro que no fuera solamente una lectura obligatoria de Literatura. Me habló de las notas que sacaba de pequeño, y me sorprendí cuando me contó que su mayor sueño era estudiar en UCLA, la famosa universidad de Los Ángeles. No sabía exactamente por qué ingeniería decantarse, si es que algún día llegaba a conseguir entrar, pero estaba convencido de que aquello era su pasión y que lo había descubierto gracias a su ocasional trabajo reparando bicicletas y motos. Para ello, primero tendría que terminar sus estudios en el instituto, y la situación que tenía en casa no le facilitaba las cosas. Aun así, hablar de ello lo distrajo, y sentí que, poco a poco, iba conociendo cosas sobre él que quizá nunca se había atrevido a compartir.

A pesar de todo, no pude quitarme de la cabeza la escena que habíamos vivido en el bar, y aquello fue lo único en lo que pude pensar cuando Liam me dejó en la puerta de mi casa y él se fue andando hacia la suya. Cuando lo besé para despedirme , cerré los ojos instintivamente, pero mi mente no estaba concentrada en el beso, sino en qué pasaría cuando se reencontrara con sus hermanos. No supe qué decirle. Pensé que volver a sacar el tema podría ser un error, y no pude evitar sentirme inútil cuando los últimos rayos de sol de aquel día iluminaron su trayecto hacia su casa.

*Recordaba la primera vez que había visto los carteles. La foto en el centro y las palabras «SE BUSCA» y «DESAPARECIDA» en la parte superior, acompañadas de varios números de teléfono.*

*Recordaba la cara de mi padre cuando los trajo a casa en varios montones de cien.*

*Recordaba haber pasado varias veces la mano por encima de ellos, esperando que solo fuera una ilusión, un sueño.*

*Un error.*

# 15

Me había enamorado. Por más que hubiera intentado resistirme a la idea, y por más que hubiera dicho que mi corazón sería incapaz de amar otra vez. Después de todo lo que había pasado, mi relación esporádica con Harry y la desaparición de mi hermana... por fin me sentía bien conmigo misma, y con confianza para dar ese paso.

Liam había cambiado mi vida, pero no era el tipo de cambio al que había estado acostumbrada hasta entonces, sino del que pone tu vida patas arriba, te hace darte cuenta de que estás sonriendo de pronto, sin motivo aparente, y te dan ganas de irte a dormir para que pronto llegue el día siguiente y tener otra oportunidad de ver a esa persona especial.

Aquella había sido mi actitud en las últimas semanas, y la persona que más se alegraba por ello era mi madre. Me lo repetía casi todos los días, y llegó un momento en el que casi hasta me daba vergüenza admitirlo, a pesar de que era real.

Era martes por la tarde, y mi madre tenía clase con sus alumnas a las seis, así que salí un poco antes para no interrumpirla. Conocía a algunas de sus alumnas de vista, porque había coincidido con ellas por los pasillos del instituto, pero no lo suficiente como para pararme a tener una conversación con ellas en mi propia casa. Por eso, o me quedaba en mi habitación cuando mi madre daba clase o salía a dar una vuelta en bicicleta.

En aquella ocasión, tenía que ir al grupo de apoyo, de manera que salí de casa y quedé con Liam para hacer tiempo hasta que fuera la hora de entrar en el hospital. Dimos una vuelta con nuestras bicis, me metí un poco con la suya para hacerlo rabiar y le dije que algún día me tendría que llevar a su taller clandestino que todo el mundo parecía conocer menos yo. A Liam no le gustó mucho la idea, porque eso implicaba que fuera a su casa, y quería mantenerme alejada de ese ambiente por el bien de los dos.

Cuando le pregunté qué tal iban las cosas en su familia, me dijo que habían cambiado un poco. Estaban todos más relajados, a pesar de que Liam había vuelto a incorporarse a las clases. Me dijo que hoy iba a contarlo todo en el grupo de apoyo, porque nuestra relación le había dado fuerzas para enfrentarse a sus demonios. Tuve que tragar saliva antes de poder hablar para que no notara que me había emocionado al oír eso.

Lo noté nervioso, por lo que fuimos al hospital varios minutos antes de que comenzara la sesión. Nos sentamos los primeros en el círculo, uno al lado del otro. Algunos de los que acudían a la terapia ya conocían nuestra relación, así que no servía de nada esconderse delante de Sabrina. Además, probablemente a ella le habría parecido una buena idea que estuviéramos saliendo juntos, si es que se podía llamar así a lo nuestro, porque no le habíamos puesto un nombre oficial todavía.

La gente fue llegando, como de costumbre, y se sentaron donde solían ponerse casi siempre. La sesión comenzó con Sabrina preguntando si había alguien que quería decir algo nada más comenzar. Ninguno de los presentes levantó la mano ni hizo ademán de hablar, por lo que miré a Liam para animarlo a que fuera él quien empezara. Carraspeó antes de hacerlo, y lo soltó todo.

Todas aquellas cosas que había compartido conmigo cuando nos subimos al techo de la camioneta de su hermano, a nuestro regreso de Sacramento, salieron a la luz. Noté que tenía dificultades para seguir hablando en un par de ocasiones, pero no quise mirarlo para no presionarlo. Ese era su momento, y yo ahí no tenía nada que aportar. Me quedé callada, mirando a un punto fijo del suelo, muy atenta a sus palabras. Repitió de nuevo su historia, aunque no fue tan explícito cuando se refirió a los negocios de su padre. Cuando terminó, noté que se le habían humedecido los ojos, porque se los frotó mientras Sabrina hablaba. Ella lo felicitó por lo que había hecho e insistió en que no se preocupara por haberlo soltado después de varias sesiones, si eso lo agobiaba.

Liam negó con la cabeza y aportó algo que jamás habría imaginado que diría delante de todos:

—Las cosas han cambiado. Sobre todo porque nunca me había sentido querido por nadie... hasta ahora. Y a pesar de que los dos arrastramos problemas del pasado, por primera vez creo que merece la pena vivir en el presente.

Pensé que me pondría roja como un tomate, pero sus palabras fueron más allá de hacer que me ruborizara. Se quedaron grabadas en mi memoria y en mi corazón. El tema de la reunión cambió, también las actividades que hicimos después, pero durante la hora y media que duró todo aquello, sus palabras permanecieron intactas en mi mente.

También era la primera vez que yo sentía algo así después de tanto tiempo.

La dinámica de grupo de la sesión consistió en la eliminación del estrés a la hora de llevar a cabo tareas que nos resultaban especialmente complicadas en relación con nuestros problemas personales. No me pude concentrar, porque estaba pensando en otras cosas. Me imaginé cómo sería contarle a Aria todo esto si siguiera entre nosotros, si no hubiera desaparecido. ¿Le caería bien Liam? ¿Hablaríamos de él en el alféizar de nuestra ventana, donde siempre nos juntábamos para charlar sobre nuestras cosas? Aunque, pensándolo bien, si no hubiera ocurrido lo que pasó el uno de septiembre del año anterior, jamás habría conocido a Liam...

Volvimos a casa en bici, en silencio. No me atreví a interrumpirlo porque seguía dando vueltas a lo que Liam había dicho en la reunión. Nunca habíamos catalogado nuestra relación. ¿Lo haríamos ahora, después de sus palabras?

—Te acompaño a casa —me dijo, a lo que le respondí con un tímido «vale».

Giramos a la derecha y después a la izquierda para entrar en mi calle.

—Pasa si quieres. Mi madre no está —le dije en cuanto vi que nuestro coche no estaba aparcado en la puerta.

—Espera un segundo —me pidió él.

Sacó un candado que nunca le había visto de la mochila y ató su bici a la mía. Mientras tanto, me acerqué a la puerta y giré la llave, para comprobar que realmente la casa estaba cerrada, con lo que estaría segura de que mi madre había salido. Le escribí un mensaje para preguntarle por qué, aunque solo había dos opciones: o había ido al supermercado, lo cual me extrañaba porque casi siempre íbamos juntas, o había acudido a la comisaría a una de sus visitas rutinarias.

Le expliqué todo aquello a Liam, que mi madre iba de vez en cuando a la policía para ver si había alguna novedad en el caso, aunque no nos hubieran llamado ni nos hubieran avisado de nada. Era su manera de sentir que hacía algo cuando no había nada que estuviera en nuestra mano para saber qué había sido de Aria.

—Mi habitación está por aquí —le dije mientras atravesaba el pasillo, y me senté en la cama.

No era gran cosa, sobre todo si la comparaba con el cuarto que compartía con mi hermana gemela en Sacramento, pero no estaba mal. Tenía solo una cama, claro, y una ventana en la que casi tenía que ponerme de puntillas para mirar afuera. En el escritorio todavía había papeles de la última vez que me había puesto a hacer algunos deberes.

—Tardará en volver —le dije, esperando que pillara mi indirecta.

Él asintió con la cabeza, se quitó el jersey y lo dejó en la única silla que había en todo el cuarto.

—¿Estás segura?

Le dije que sí, animándolo a que viniera hacia donde me encontraba.

—Además, nos da tiempo si llega. Suele ser muy lenta. Quiero decir que siempre pierde el tiempo con cualquier cosa en la cocina o en el salón antes de venir a mi habitación a saludarme.

Él se rio por lo bajo y se acercó hacia mí sin oponer resistencia. Se sentó a mi lado en la cama y le toqué el pelo. Lo tenía suave, como si se lo hubiera lavado poco antes de ir a la reunión del grupo de apoyo.

—Estoy muy orgullosa de lo que has hecho hoy —le dije, recordando todo lo que había soltado.

—Ya sabes que lo he hecho gracias a ti —reconoció.

Antes de que pudiera contestarle, se acercó a mí y me besó en los labios, apartándose enseguida. Puse mis manos en sus mejillas, como había hecho aquel día en la playa, y lo acerqué de nuevo hacia mí para seguir besándolo. Liam cerró los ojos y me abrazó, haciendo que los dos perdiéramos el equilibrio y cayéramos de espaldas en la cama. Me puse de medio lado y le revolví el pelo mientras le devolvía el beso, cada vez más intenso.

Estuvimos un rato así, disfrutando el uno del otro, hasta que me separé para tomar aire. Me desabroché el botón del pantalón vaquero de color amarillo, bajé la cremallera y me lo quité con un grácil movimiento de las piernas. Él hizo lo mismo con los suyos y me ayudó a quitarme la camiseta, abotonada por la parte de detrás, mientras me besaba la nuca. Sentí como cada parte de mi cuerpo reaccionaba a sus besos, y una imagen que no deseaba recordar apareció en mi mente. Me acordé de mis encuentros a escondidas con Harry, en cualquier sitio, sin importar el momento.

Intenté eliminar todo aquello de mi cabeza y me centré en el presente. Liam se quitó la camiseta y la dejó a su lado, y se puso encima de mí. Su cuerpo estaba caliente, como el mío, y sentí un bulto en sus calzoncillos que rozaba contra mis muslos.

En cualquier otra situación habría esperado un poco más para sacar un condón, pero en aquel momento no podía aguantar más. Hacía más de un año desde la última vez que me había acostado con un chico. La caja de preservativos seguía intacta desde entonces, pero mis ganas de hacerlo habían alcanzado unos niveles insostenibles. Estiré la mano, rebusqué en el cajón de una de las dos mesillas que flanqueaban la cama, y saqué un envoltorio de color plateado brillante. Liam se quitó la ropa que le quedaba, lo cogió y se lo puso, mientras yo hacía lo mismo con la mía.

Abrí las piernas, tumbada boca arriba con él encima. Miré su pene para asegurarme de que se hubiera puesto bien el condón, y lo acompañé. Por un segundo tuve miedo de que me doliera, porque había pasado mucho tiempo desde la última vez que me había acostado con alguien, pero mi cuerpo lo pedía con demasiada urgencia.

Los labios de Liam volvieron a acercarse a mí, sentí su pecho descansar sobre el mío y, entonces, noté cómo me penetraba. Al principio de forma suave, esperando mi reacción, pero enseguida aumentó el ritmo con el que movía las caderas.

Cerré los ojos. Casi había olvidado lo que se sentía en esos momentos, y hacerlo con Liam después de tanto tiempo era una sensación inigualable. Me aparté un poco hacia atrás, indicándole que me quería poner encima, y me coloqué sobre él. No dejé de besarlo en ningún momento, hasta que nuestros jadeos se acompasaron y sentí un torrente de emociones que se extendía por todo mi cuerpo.

No sabría decir cuánto tiempo permanecimos abrazados después, sin decirnos nada el uno al otro. Desde donde estaba, miré por la ventana y me sentí afortunada de tener a Liam en mi vida. Me revolví porque me molestaba la posición en que se me había quedado el brazo izquierdo, y él se echó hacia atrás para dejarme espacio. Me dio un beso en el hombro, se puso de pie y se quitó el condón.

—Lo voy a tirar. Ahora vuelvo —me dijo, y salió en dirección al baño, delante del cual habíamos pasado al entrar en casa.

—Vale —respondí. Me puse de pie e intenté localizar mi ropa. Me vestí mientras él estaba en el baño.

Regresó a mi habitación y me besó de nuevo.

—Te quiero —le dije.

Las palabras salieron de mí sin pensarlas. Un terror repentino inundó mi cuerpo, que hasta entonces se encontraba tan relajado como mi mente.

—Yo también te quiero, Emily —respondió, y mi corazón dio un vuelco.

Sonreí, sin saber qué responder a aquello.

Liam recogió su ropa y se vistió, por si acaso mi madre aparecía por casa en cualquier momento. No sabíamos cuándo había salido, pero no podría tardar mucho más en volver.

—Voy a la cocina a robarte un vaso de agua —dijo Liam, pero su voz se vio interrumpida por el timbre del teléfono fijo.

En un primer momento pensé en no cogerlo, aunque se me ocurrió que podría ser algo importante por el trabajo de mi madre, así que me levanté y salí disparada hacia el salón. Miré el número que aparecía en la pantalla y no lo reconocí.

—¿Sí? —contesté al descolgar.

—¿Emily Jones? —La voz femenina al otro lado de la línea hizo que mi cara pasara de la tranquilidad al pánico.

Liam se dio cuenta y se puso a mi lado.

—Sí, soy yo —respondí.

Noté que el corazón se me iba a salir por la boca, aunque ni siquiera supiera quién me llamaba ni para qué. Las llamadas de teléfono eran un trauma en mi casa por todo lo que habían acarreado en el último año.

—Te llamo desde comisaría. Estoy aquí con tu madre. No ha pasado nada con ella, no te preocupes. Necesitamos que vengas cuanto antes, por favor.

—¿Qué ha ocurrido? —respondí al instante.

Oí un ruido, varias voces que no conseguí distinguir.

—¿Qué ha pasado? —insistí.

Me respondió la voz de mi madre.

—Emily, cariño... Ven a la comisaría. —Oí cómo se sonaba los mocos y seguía hablando con un hilo de voz casi imperceptible—. Han encontrado a Aria... —Cogió fuerzas para terminar la frase—. Sin vida.

*De pronto, me sentí como si estuviera en un sueño en el que todo a mi alrededor era de color blanco. No había nadie salvo mi hermana. Estaba de pie frente a mí con una expresión neutra en la cara. Ni de alegría ni de tristeza. Era como si no estuviera en este mundo, como si se encontrara perdida en sus propios pensamientos, sin poder escapar de ellos.*

*Intenté llamarla, pero no podía hablar.*

*Intenté alcanzarla con la mano, pero no podía moverme.*

*No podía oler. No podía parpadear.*

*Solo era capaz de ver su figura, que iba difuminándose en un océano de niebla... hasta que desapareció por completo.*

# 16

No sabría explicar qué pasó después de oír aquellas palabras de mi madre al teléfono. Me sentí como si me hubieran arrancado una parte del cuerpo, como si me hubiera quedado sin mi otra mitad. Ya no sería nunca más la misma.

Recuerdo que lo primero que hice fue sentarme y apoyar los codos en la mesa, apretándome las sienes con los dedos. Liam cogió el teléfono que yo había dejado en la mesa, pero no presté atención a lo que dijo.

Solo sé que, de pronto, comencé a sentir una enorme presión en la cabeza. Las lágrimas no me brotaron de los ojos, sino que simplemente sentía como toda mi rabia se estaba acumulando en un punto de mi frente. No me di cuenta de que apretaba los dientes con fuerza hasta que empezaron a dolerme un montón, y entonces me tapé los ojos con las manos. Mi respiración comenzó a ser demasiado rápida, y supe que tenía un ataque de pánico, porque no era la primera vez que me ocurría.

No podía creer lo que estaba pasando. No podía. Deseé con todas mis fuerzas ser capaz de hacer retroceder el tiempo un minuto, cuando todavía no sabía nada de mi hermana pero tenía esperanza. Lo deseé tanto que se me nubló la vista de apretarme los ojos y sentí que me iba a desmayar en cualquier momento, aunque no lo hice. Seguía siendo muy consciente de mi cuerpo, aunque no de mi entorno.

Aria se había ido para siempre. Había abandonado nuestra casa aquel uno de septiembre para no volver nunca más. Todas las llamadas, la presión de la prensa, la soledad, las lágrimas, las noches sin dormir...

Todo había sido en vano.

Cuando las primeras lágrimas comenzaron a escaparse de mis ojos, no eran de tristeza, sino de rabia. Sentí que me escocían, como si fueran venenosas, y creaban un camino por mis mejillas que no podía detener por más que intentara secármelas. Mi respiración se desacompasó y lo vi todo negro. Supe que me iba a desmayar, si no me había desmayado ya y todo lo que había a mi alrededor era fruto del delirio. Sin embargo, el abrazo de Liam después de colgar el teléfono y dejarlo en la mesa me hizo volver a la realidad.

No era un sueño, sino que estaba consciente. Aquello estaba pasando en realidad.

Grité hasta que me dolió la garganta. Apreté los puños, clavándome las uñas en las palmas de las manos hasta que me quedaron marcas blancas. El teléfono volvió a sonar, pero ninguno de los dos se movió. Ni Liam ni yo fuimos capaces de articular palabra en un silencio que solo se veía interrumpido por mi respiración entrecortada y los continuos sollozos.

Enterré la cara en el hombro de Liam, mojándole la camiseta, hasta que llamaron a la puerta. Él intentó separarse para ver quién era, pero opuse resistencia, hasta que volvieron a insistir y se levantó.

Me puse de cuclillas en el suelo, justo en el lugar en el que estaba él hacía unos momentos.

—Es la policía —dijo, y abrió la puerta.

Un par de agentes entraron en mi casa. Por cómo vinieron directamente hacia mí, supe que aquello se trataba de mi hermana.

—Emily, lo sentimos mucho —dijo uno de ellos, agachándose a mi lado.

No lo miré a la cara. Mis ojos estaban fijos en un punto del suelo del salón, perdidos.

—Hemos venido a buscarte para llevarte a comisaría, donde te espera tu madre... Vamos, te ayudamos a levantarte.

Noté varios brazos rodeándome y me dejé llevar por ellos. Caminé como si hubiera olvidado cómo se hacía hasta la entrada de casa. Un coche de policía esperaba en la puerta. Me senté en la parte de atrás, y entonces vi que Liam no me seguía.

—Liam... —dije, buscándolo con la mirada.

—Será mejor que se quede en casa, por si acaso. Además, estaremos allí en menos de dos minutos —dijo el otro policía, poniendo en marcha el motor y alejándome de él con cada metro que recorríamos.

El viaje a la comisaría fue difuso, y apenas era capaz de recordar el reencuentro con mi madre. Solo sabía que no la había visto así desde la noche en la que Aria desapareció, cuando fui la primera sospechosa de que ya no estuviera entre nosotros.

Intenté prestar atención a los detalles, pero el estómago no me lo permitía. Vomité varias veces, y tuve que salir de la sala en la que nos encontrábamos. Permanecí unos minutos tirada en el suelo, vigilada por una policía que entró conmigo para que no me pasara nada malo. La realidad se había hecho demasiado pesada para mí.

Un grupo de tres personas entraron en el cuarto donde nos encontrábamos, entre ellas estaba Sabrina, y verla me hizo sentir avergonzada y reconfortada a partes iguales. Nos estuvieron hablando, pero yo era incapaz de articular palabra. Me encontraba en un estado en el que parecía que me iba a desmayar en cualquier momento, pero nunca lo hacía.

Hablaron con nosotras. Mi madre consiguió responderles a varias preguntas, pero yo apenas pude decir nada. Solo era capaz de hacer visitas al baño aunque no quedara nada en mi estómago por vomitar. Nos intentaron explicar lo ocurrido, pero se sabían pocos datos todavía y habría que esperar a la autopsia y otras pruebas.

Pero hubo un pequeño detalle que me dio tanta rabia que me impidió seguir escuchando el resto.

Mi hermana había sido vista por última vez en un lugar situado al sur de Crescent City. Por eso nos mudamos allí, porque queríamos estar cerca del lugar donde se le perdió la pista. Sin embargo, cuando me dijeron que su cuerpo había sido encontrado en un lugar de Minnesota, cerca de la frontera con Wisconsin, se me vino el mundo abajo. Aquello estaba a más de tres mil kilómetros de nuestra nueva ciudad. La mudanza, el nuevo comienzo, la búsqueda durante tanto tiempo... no había servido para nada.

Mentalmente me fui de la reunión, donde el grupo de psicólogos intentaron ayudarme en vano. Apenas podía prestar atención a lo que me decían porque mi mente no estaba todavía sumida en la tristeza, sino que irradiaba rabia. No me podía concentrar en lo que tenía a mi alrededor, estaba encerrada en mi propia cabeza.

¿Cuántos casos más habría como el de Aria? ¿Cuántas familias vivían sin tener una respuesta de lo que le había sucedido a su hermana, a su hija, a su sobrina...? ¿Cuántas más hacían falta para que la sociedad se diera cuenta de que aquello no era un problema aislado? En las noticias saldría nuestro caso, haciendo que todo el mundo se enterara, durante unos segundos, de que mi hermana había aparecido muerta, pero a los cinco minutos ya se olvidarían de ello porque habría una noticia mucho más relevante que dejaría en segundo lugar todas las demás. ¿Cuántos casos de chicas desaparecidas había de las que no se hablaba nunca jamás?

En ese momento, una fuerza dentro de mí, guiada por la impotencia, decidió que tenía que enterarme de lo que le había pasado. Fuera lo que fuese, con independencia de quién lo hubiera hecho. Nuestro caso no podía quedar sin una explicación, y sin el culpable entre rejas.

Me puse de pie, y todos pensaron que era para volver al baño. En vez de ello, abracé a mi madre y le susurré una promesa al oído, en la que le aseguré que encontraríamos al asesino de mi hermana.

*Para Aria,*

*Te escribo esta carta con las últimas fuerzas que quedan dentro de mí. Hoy no ha sido un día fácil. Son las cuatro de la mañana y no puedo conciliar el sueño, porque ahora sé que mi habitación siempre será de una persona y nunca podremos comprar otra cama para que la compartamos, como hacíamos cuando todavía estabas aquí.*

*Pensé que lo peor que me podía pasar era que te murieras, pero alguien te mató y, además, eligió hacernos sufrir a los demás hasta que no tuvimos nada a lo que aferrarnos. Todas las pistas falsas que no llegaron a ninguna parte eran como un cuchillo que se me clavaba cada vez más profundamente. Las acusaciones que hicieron contra mí los primeros días, tanto la policía como los medios de comunicación, ya fuera porque fui la primera sospechosa como porque mucha gente se montó historias de trastornos de personalidad ocultos, fruto de la envidia de tener una hermana igual que yo. Las miradas, que un año más tarde todavía seguían entre la gente de cada lugar al que había ido. La lucha por encontrarte, las noches en vela rebuscando entre todas tus cosas, intentando hallar una pista que nos llevara a algo más que la nada. La mudanza para estar más cerca de ti. Pero, sobre todo, lo que más me dolió fue que me arrebataran la esperanza. Por muchas cosas malas que nos hubieran pasado, entre las que estaba lo que te hice con Harry, que probablemente sabrías, mamá y yo teníamos la esperanza de que siguieras con vida. Que todo esto hubiera sido una jugada de las tuyas, que te hubieras marchado para darnos un susto. O, aunque jamás hubieras vuelto, que siempre quedara la opción de que siguieras por ahí.*

*Sin embargo, la muerte es lo único que no tiene vuelta atrás.*

*Ahora ya no importa lo que pasara entre nosotras, quizá no fuimos las mejores gemelas del mundo, probablemente en algún momento se resquebrajó esa conexión especial que dicen que tenemos las que somos como dos gotas de agua, pero si tú no hubieras estado en mi vida sería incapaz de hablar de mí. Nunca fuimos perfectas, nos equivocamos a menudo, pero cuando salgo al alféizar a mirar las estrellas siento que tú estás allí, que ya nada importa, que vuelvo a estar completa.*

*Hay dos cosas que quiero decirte antes de despedirme de ti para siempre.*

*La primera es que los encontraremos. No conseguimos dar contigo, pero perseguiré a quienes te hayan hecho esto aunque sea a costa de mi propia vida. Sea uno o sean mil.*

*La segunda es agradecerte todo el tiempo que pasé contigo. Tener una hermana gemela ha sido el mejor regalo que podría haber imaginado, y siempre te recordaré. Siempre seremos dos, en realidad siempre serás mi otra mitad, aunque tú ya no estés aquí conmigo.*

*Te quiero mucho,*

*Emily*

# 17

Las siguientes veinticuatro horas tras la noticia fueron las más largas de mi vida. Ni mi madre ni yo pusimos la televisión, aunque sabíamos de sobra que el caso se había hecho público en cuestión de horas. Los medios de comunicación se habían enterado enseguida. Habíamos recibido un montón de llamadas, tanto de familiares como de amigos de las dos a quienes no habíamos avisado, y así fue como lo supimos. No hizo falta encender el televisor para comprobarlo. Además, no quisimos hacerlo.

Cuando desapareció Aria, mi madre pasó una época muy mala en la que no podía parar de ver el canal veinticuatro horas ni de buscar compulsivamente el nombre de mi hermana en internet para ver qué se decía del caso, a fin de dar con cualquier indicio que pudiera ayudarnos a encontrarla. Esos hábitos comenzaron a hacer mella en su salud mental, de manera que tuvo que cortar por lo sano antes de que se volviera un problema grave.

La voz de mi padre se oía cada dos por tres al otro lado del teléfono. No sé de dónde saqué fuerzas para hablar con él a la mañana siguiente de enterarnos de la noticia. La noche anterior no quise saber nada de nadie. Oír su voz no me reconfortaba en absoluto. Quise gritarle que todo eso en parte había sido culpa suya, que no había hecho nada para ayudarnos en su búsqueda y que lo único que sabía hacer era rendirse...

Estuve a punto de echarle en cara todo aquello, pero me tuve que contener. No tenía ninguna intención de iniciar una guerra que no iba a terminar nunca, y mis heridas estaban todavía sangrantes.

En medio de todo aquel caos de sentimientos y dolor, Liam fue como un ángel que alguien había enviado para cuidar de nosotras. Pasó conmigo las tres primeras noches enteras, sin dormir. Solo lo pillaba dando alguna cabezada cuando hablaba con mi madre o sacaba fuerzas para hacer tareas tan sencillas como meterme en la ducha. El cuerpo de mi hermana no podía ser incinerado hasta que no le practicaran la autopsia y le hicieran otras pruebas, por lo que no podíamos hacer nada más que esperar a tener los resultados para poder despedirnos de ella para siempre. Aquella espera se hizo eterna. Cada vez que el reloj adelantaba un segundo, parecía que había tardado un minuto en dar ese paso. Pero, al mismo tiempo, todo ocurría demasiado deprisa.

En cuanto llegaba la noche, mi madre se encerraba en su habitación. Me dijo que ella podía dormir porque el cansancio la superaba, pero en mi caso mi mente no funcionaba así. No podía descansar. Me quedaba dormida a ratos durante el día, una hora en el sofá, otra en el sillón, otra en la cama mientras miraba el móvil, pero era incapaz de tumbarme y dejar que mi cerebro reposara el tiempo necesario.

Liam me abrazaba siempre que podía, y yo relajaba los músculos cuando estaba en sus brazos, intentando liberar la tensión que me había provocado dolores de espalda los últimos días.

También estuvo a mi lado cuando recibimos la noticia de lo que realmente le había pasado a Aria. Era algo que esperaba, porque si había aparecido muerta no podía haber sido un accidente. Ella era demasiado lista para eso. Alguien tendría que haberle tendido una trampa, o haberla secuestrado.

La explicación me pareció demasiado sencilla, pero no quise luchar contra ella. Ya no tenía fuerzas para hacerlo. Mi hermana había sido apuñalada por detrás en varias ocasiones el mismo día de su desaparición. No parecía haber signos de ningún otro tipo de violencia, ni física ni sexual. No se pudo defender porque sus asesinos la agredieron por la espalda.

Solo conseguí dormir durante todo el trayecto de Crescent City a Sacramento. Y no podía haber estado más agradecida, porque fue el viaje más horrible y surrealista de mi vida. Liam conducía el coche de mi madre. Ella iba en el asiento del copiloto, a su lado, y yo me había acomodado detrás. Delante iba el coche fúnebre, que lideró el camino hasta que llegamos al hospital de Sacramento, donde me reencontré con mi padre. Me alegré de no haber estado despierta para no ver las cámaras que grabaron el oscuro vehículo y que luego sacaron las imágenes por la televisión. Respiré tranquila al saber que probablemente serían las últimas. Ya se había hecho pública la causa de la muerte y el estado de mi hermana, de forma que no había nada más que a la prensa le pudiera interesar. El morbo se había terminado.

Me desperté cuando Liam apagó el motor y la radio dejó de funcionar. Estábamos en el aparcamiento del mismo hospital en el que mi hermana y yo habíamos nacido. Me pareció una ironía demasiado mordaz que Aria regresara al mismo sitio, diecisiete años después, donde todo había empezado... y donde había terminado para ella.

Me molestaba el móvil en el bolsillo, ya que no lo había sacado de mis pantalones vaqueros desde entonces, pero lo dejé donde estaba. Lo había tenido apagado los últimos días, y solo lo había encendido para intercambiar un par de mensajes con Lorenzo, con Cora y con mi padre. Tenía más de cuarenta conversaciones sin abrir, y decidí dejarlas así. No quería hablar con nadie, y no me sentí mal por ello. Necesitaba estar sola.

Subí en el ascensor del hospital como si estuviera en otro planeta. Cuando me reencontré con mi padre, le di un abrazo, pero volví al lado de mi madre. La reunión con mis abuelos fue mucho más emotiva. Ellos vivían a las afueras de Sacramento, por lo que solo hablábamos de vez en cuando por teléfono. El divorcio había influido en que estuviéramos más distantes que nunca, ya que eran los padres de mi padre. Por parte de mi madre no tenía abuelos.

No quería enfrentamientos, pero sí que estaba dispuesta a mostrar en qué grupo me encontraba. Mi padre se había separado porque no quería seguir viviendo todos los días la desaparición de su hija, y aquello no lo olvidaría jamás. Lo tendría siempre presente, por mucho que llorara o que la impotencia me quemara por dentro.

Los médicos nos impidieron despedirnos físicamente de ella. El cuerpo había sido hallado en un alto estado de descomposición, y lo habían depositado en el ataúd que mi madre y yo habíamos elegido. Dentro, metieron la carta que le había escrito. Mi madre dejó también junto al cuerpo de Aria un anillo que había llevado desde que se lo regalaron mis abuelos al cumplir los quince.

El funeral fue privado, y solo acudimos los familiares más cercanos. No había nadie allí que no fuera familiar directo nuestro, a excepción de dos personas: Liam y Harry. Liam se colocó detrás de mí en la iglesia para dejar el primer banco libre para los familiares. Sabía que a Aria no le haría mucha gracia un funeral religioso, porque ella no lo era, pero mis padres lo decidieron así, de manera que no hubo mucho más que hacer en ese aspecto.

Harry se puso a su lado. Nunca lo había visto tan devastado, ni siquiera cuando recibió la noticia de la desaparición. Había perdido peso desde la última vez que lo vi, y de eso hacía poco tiempo. Con los ojos rojos de llorar aparentaba muchos más años de los que realmente tenía.

Fui la primera en salir de la iglesia cuando el funeral terminó y se llevaron el féretro de mi hermana. No quería estar ni un segundo más rodeada de gente que me miraba con compasión, como si fuera un juguete roto que se había partido por la mitad. En un principio pensé en hablar con Harry, para contarle todo lo que había pasado con mi hermana, pero supuse que ya lo sabría. No lo quise molestar.

La gente salió detrás de mí, despacio, en dirección al cementerio. Fui incapaz de mantener la vista fija en los trabajadores que metieron el ataúd en uno de los nichos, y no volví a mirar hasta que lo cerraron y solo quedó a la vista la placa con su nombre.

Tragué saliva y me acerqué a Liam, temblando de forma involuntaria. Últimamente había perdido el control sobre mi cuerpo casi por completo. Era él quien me decía cuándo tenía que dormir; no respondía a mis órdenes. A veces estaba quieto, otras no podía parar de moverse, y de vez en cuando sentía como si mi propio pecho quisiera ahogarme, presionándome hacia el interior.

—Emily... —susurró él, cuando me rodeó con los brazos.

Moví la cabeza de derecha a izquierda. No quería hablar de nada en esos momentos. Sin embargo, su insistencia hizo que desenterrara la cara de su pecho y buscara sus ojos. Pero no me miraban a mí, sino a alguien que estaba detrás de mí. Me enjugué las lágrimas, todavía temblando, y me volví.

Me encontré de frente con Harry. Justo detrás de él, tres chicas a las que conocía muy bien. Eran mis antiguas amigas del colegio, tanto mías como de Aria. No habían podido entrar en el funeral, pero habían venido con nosotros para presenciar aquel momento, manteniéndose apartadas hasta entonces. Me quedé en blanco, sin saber qué decir, y una de ellas se lanzó a darme un abrazo. El resto la siguieron.

Durante todo ese tiempo había estado ignorando sus llamadas, no haciendo caso las veces que habían intentado ponerse en contacto conmigo porque había decidido empezar de cero. Y, aun así, habían venido a verme. Aquello me hizo sentir fatal, e intenté pedirles perdón por mi ausencia durante todo ese tiempo. Pero todo lo que me salieron fueron sollozos y frases sin sentido.

Estuve un largo rato hablando con ellas. Aprecié su esfuerzo por intentar cambiar de tema, por distraerme, para sacarme de la espiral que me había atrapado. Y, en parte, lo consiguieron. Durante muchos meses pensé que hablar con mis antiguas amigas me traería malos recuerdos, que sería algo que no podría seguir haciendo si quería salir adelante. Pero me equivocaba, y mucho. Charlamos de la gente que iba a nuestra clase, de quién salía con quién ahora, y, finalmente, incluso hablamos de Aria. La recordamos en sus mejores momentos, los más divertidos y los más salvajes. Compartí alguna anécdota que me ayudó a sentirme mejor, como aquella vez que contó que se iba a hacer un tatuaje en el cuello y mis padres se pusieron como fieras. Durante todo ese tiempo sentí que las heridas de mi mente se recuperaban despacio.

También vinieron a acompañarme Lorenzo, Cora, Josie y Alice, en representación de todos mis amigos del instituto. Me hizo ilusión verlos, que se hubieran acordado de mí, aunque me dio un poco de apuro que tuvieran que vivir esa situación. Liam se quedó con ellos mientras yo hablaba durante un buen rato con mis antiguas compañeras.

No busqué a Liam con la mirada hasta que me abrazaron y se marcharon las tres, junto con Harry. Habían pasado unas semanas desde que había hablado con él, pensando que sería la última vez... y volvíamos a encontrarnos en el peor de los escenarios posibles. Me despedí también de él, sintiendo que cerraba una etapa de mi vida que quedaría guardada para siempre entre mis recuerdos. Se alejaron los cuatro juntos en dirección a la puerta principal del cementerio y volví a reunirme con mi familia.

# 18

La última vez que había visto a Liam fue cuando nos trajo de vuelta a Crescent City. Habíamos madrugado mucho para poder llegar a casa antes de la hora de comer. Ya no teníamos nada que hacer en Sacramento, por lo que decidimos marcharnos cuanto antes de allí. Quise preguntarle a mi madre qué haríamos a partir de ese momento, si seguiríamos viviendo en la misma ciudad. Nos mudamos para estar cerca del lugar donde ella fue vista por última vez... y ahora aquello ya no nos servía de nada.

Me desperté dos días más tarde de mi vuelta a la costa. Eran las doce de la mañana; poco a poco estaba consiguiendo recuperar todas las horas perdidas de sueño. Había dejado el móvil cargando para tenerlo con batería nada más ponerme en marcha al día siguiente. Lo desbloqueé, aunque ya vi en la pantalla principal que no tenía ningún mensaje de Liam. ¿Le habría pasado algo grave? Desde que habíamos vuelto, no había tenido noticias suyas, ni tampoco había pasado por mi casa. En el instituto me dieron unos días libres para recuperarme, así que no podía saber si él había asistido a clase. Escribí a Lorenzo para que me resolviera la duda, pero me dejó todavía con más preguntas. Según él, no lo había visto por ninguna parte desde que nos fuimos a Sacramento.

Pasé todo el día dándole vueltas a qué podría haberle pasado. Mis mensajes aparecían como enviados, pero no los había abierto. Cuando lo llamaba, daba señal, por lo que no tenía el teléfono apagado; simplemente no respondía. Al principio no le di importancia, pero empecé a preocuparme cuando llegó el tercer día sin noticias suyas. No sabía qué hacer, y me daba apuro ir a su casa a buscarlo, por lo que decidí esperar hasta la tarde. Teníamos reunión del grupo de apoyo en el hospital, y yo lo necesitaba más que nunca, así que me relajé, porque estaba segura de que lo vería allí. Él mismo, unos días atrás, me había recordado que la reunión era por la tarde, de forma que sería raro que se le pasara por alto.

Pensé que me costaría volver al grupo después de lo que había ocurrido, pero me sorprendí a mí misma acudiendo con ganas de hablar del tema con otras personas, ahora que ya habían pasado varios días desde la llamada de la comisaría. Sin embargo, mis ilusiones se hicieron añicos cuando llegué al hospital y la bicicleta de Liam no estaba aparcada allí. Subí la escalera despacio, haciendo tiempo, pensando en que lo más probable era que llegara un poco tarde, pero no apareció en toda la reunión. Mi cara era una mezcla de desgana y tristeza, que debió de estar presente durante todo ese tiempo, a pesar de mis esfuerzos para no mostrarla a los demás. Lo supe porque Sabrina me dijo hasta en dos ocasiones que no tenía por qué compartir nada ese día si no me sentía con fuerzas para hacerlo. Al final, opté por marcharme quince minutos antes de que termináramos, alegando una simple excusa que inventé sobre la marcha.

Monté en la bici y me alejé de aquel lugar lo más rápido posible. La calle estaba bastante concurrida, varios grupos paseaban charlando animadamente. No les presté atención, porque mi cabeza estaba pensando en otras cosas. En pocos minutos llegué al cruce en el que tenía que tomar una decisión: seguir recto para regresar a mi casa... o girar a la izquierda para ir a la de Liam. Me detuve en un lado de la calzada, apartándome para dejar que los coches que venían por detrás me adelantaran. Miré a la izquierda, al frente, y de nuevo a la izquierda... y, finalmente, salí disparada en esta última dirección.

En mi mente surgió la idea de que quizá a Liam le había pasado algo malo en su casa, de manera que ir a verlo era la única forma de descubrirlo. Recorrí el mismo camino que hice la tarde que presencié en su casa la escena del puñetazo. En aquel momento yo parecía otra persona, comparado a cómo me sentía ahora. Llevaba en la mochila la invitación para la fiesta de bienvenida del curso, que parecía ya muy lejana. Aquel día empezó todo, y por un segundo tuve miedo de que me encontrara ante el final. Agité la cabeza, intentando alejar esos pensamientos de mi mente. No, no podía pensar así. Pero tampoco había muchas más explicaciones...

Giré a la derecha en una calle un poco más estrecha que las anteriores y supe que me acercaba a la zona del puerto porque de pronto me llegó un penetrante olor a pescado y a sal. El sol no pegaba muy fuerte, pero sentí que los brazos me empezaban a arder y me los froté. Faltaba poco para llegar a su casa, por lo que disminuí la velocidad y presté atención a mi alrededor cuando apenas quedaban cuatro casas para llegar a la suya. Estaba un poco más apartada que el resto, y su aspecto era el mismo que el que tenía hacía casi un par de meses, cuando la vi por primera vez: descuidada, desaliñada. Pero, sobre todo, parecía vacía. Algunas persianas estaban bajadas, pero no todas. Solo las de la planta baja. Dejé la bici pegada a unos matorrales y fui andando por si lo veía por algún sitio. Di la vuelta a la casa, empezando por la derecha.

Lo primero con lo que me encontré fue con una persiana de garaje medio bajada. Me agaché para mirar por debajo. El interior parecía alojar algo parecido a un taller, donde había varias motos y un montón de bicis, la mayoría desmontadas. En una esquina se amontonaban ruedas de varios tipos; había también sillines colocados aleatoriamente y muchas herramientas en el suelo. Me acuclillé, mirando a mi alrededor, y di unos tímidos pasos pasando por debajo de la persiana.

—¿Liam? —lo llamé en voz baja.

Mi voz sonó como un susurro, y volví a llamarlo un poco más alto por si acaso. Pero allí no había nadie.

Todas las herramientas estaban desperdigadas por el suelo, aunque no sabría decir si era porque quien las estaba utilizando había tenido que salir corriendo o porque ese era el estado normal del taller del que Liam tantas veces me había hablado.

—¿Quién eres? —Una voz a mi espalda me hizo dar un bote.

Me di la vuelta asustada, con el corazón palpitando a mil por hora. No había oído pasos, solamente la voz de una persona que no era Liam.

—Perdón —fue lo primero que dije.

Una figura masculina se agachó y entró en el taller, esquivando sin dificultades la persiana medio bajada.

—¿Y bien? —insistió—. ¿Qué quieres? ¿Vienes a robarnos? ¿Te apetece una nueva bici? ¿O quizá una moto?

A pesar de que no se trataba de Liam, reconocí la voz y la cara al instante. Era el hermano que le había dado un puñetazo a Liam la vez que fui a buscarlo para entregarle la invitación a la fiesta. Y el tipo que me había acosado en el bar. Imagino que ese día iba tan borracho que no se acordaba de mí.

—No, no, solo buscaba a Liam. ¿Está en casa?

El chico, que de cerca se parecía mucho más a su hermano que de lejos, negó con la cabeza. Hizo crujir los dedos con un sonido que me resultó muy desagradable, y me fijé en que los tenía muy dañados. Las señales de violencia en su cuerpo eran claras. Cuando sonrió con malicia me fijé en que le faltaba un diente al lado del colmillo izquierdo.

—No está aquí. Y ahora, vete. Si quiere buscarte, te encontrará, de eso no tengo ninguna duda —me soltó de forma brusca.

Tragué saliva, sin saber qué decir, y salí de allí sin mirar atrás. No sabía si aquella visita lo metería en algún problema. Me dije que quizá debería haberlo pensado antes con más detenimiento. Recuperé mi bici del lugar donde la había dejado y me alejé de la casa. Pedaleé, más concentrada en mis pensamientos que en lo que tenía delante. ¿Dónde se habría metido? ¿Le habría pasado algo grave? Ya había mirado en todos los sitios en los que pensaba que podría estar... excepto en uno.

Frené en seco, apartándome a un lado de la calle aunque no hubiera ningún coche detrás de mí. Me había dejado un sitio por mirar. En vez de seguir en dirección a mi casa, giré a la izquierda y puse rumbo al puerto. En una ocasión Liam me había dicho que se escondía bajo los tablones de madera del muelle, justo al lado del puerto, cuando tenía problemas con su familia. ¿Y si estaba ahí? Era la última opción que me quedaba, así que moví las piernas con fuerza para llegar a ese lugar lo más rápido posible.

Le puse el seguro a la bicicleta en lugar de apoyarla un momento contra una farola porque no sabía cuánto tendría que caminar para encontrar a Liam. Di media vuelta y puse rumbo a la playa, caminando por la arena. Liam me había contado que a veces se refugiaba ahí, en la zona en la que se juntaban la arena, el océano y las pilastras de madera que soportaban el muelle. Era un lugar un poco peligroso cuando subía la marea, pero ahora el agua todavía me concedía varios metros para poder caminar por ahí abajo sin problemas.

No era un sitio que estuviera muy limpio. Allí vivían un par de personas sin hogar y el océano devolvía mucha basura a la costa, cansado de cargar con algo que no le correspondía. Caminé durante cinco minutos y empecé a quedarme sin opciones. El puerto no era muy grande, y llegué hasta el final enseguida. A partir de un punto ya no se podía ir más allá, porque era más profundo y la arena desaparecía para dejar fondo a los pocos barcos que había amarrados.

No había ni rastro de Liam. Di media vuelta, intentando buscarlo en algún rincón que hubiera pasado por alto, pero allí abajo no había más que arena acumulada, pilastras enormes de madera y el sonido de las olas que lo acallaba todo.

Volví a casa sin saber qué pensar. Había visto demasiadas películas y no quería creer nada de lo que estaba cruzando por mi mente en aquellos momentos. Tenía un montón de preguntas a las que prefería no dar respuesta.

Lo único que quería era ver a mi madre y contarle lo que estaba pasando, no por si ella sabía algo, sino para que me aconsejara. No tenía ni idea de qué hacer.

Sentí una rabia un poco familiar crecer dentro de mí con cada empujón que le daba a los pedales de mi Canyon. Si Liam me había hecho algo similar a lo que había pasado con Aria, si se había marchado por lo que fuera y no iba a volver a dar señales de vida, jamás se lo perdonaría.

Entré en la calle donde se encontraba mi casa con lágrimas en los ojos fruto de la rabia y la impotencia. Sin embargo, no me nublaron la vista cuando entré por la puerta.

—Hola, cariño —me saludó mi madre.

Me sorprendió verla arreglada, hasta que recordé que se había reincorporado al trabajo, el cual solo había podido abandonar durante una semana. Por la hora que era, sus alumnas ya se habrían ido.

—Hola, mamá, ¿cómo estás?

—Bien, volviendo a la rutina con las chicas... Por cierto, tienes visita.

Miré a mi alrededor esperando encontrar a Liam.

—Está en tu cuarto —me indicó mi madre.

Asentí y salí casi corriendo hacia mi habitación. Abrí la puerta y lo encontré allí, sentado en la cama. Se tapaba la mitad de la cara y su aspecto no tenía buena pinta.

# 19

Tenía el ojo morado. Literalmente. Por más que intentara cubrírselo, era algo evidente. El párpado le caía hacia abajo, como si le hubiera picado una avispa, y le tapaba una parte de visión. El resto de la cara, aunque mantenía el color original, no tenía mejor aspecto.

Su camiseta no tenía rastros de sangre, tampoco los pantalones de chándal, pero no podía decir lo mismo de los nudillos: las heridas que nunca parecían llegar a cicatrizar se habían abierto de nuevo.

Estaba sentado en mi cama, con expresión de abatimiento en el rostro. Su cuerpo estaba encorvado y apoyaba los codos en los muslos. Me senté a su lado.

—Lo siento muchísimo.

Fue lo único que dijo. El corazón me dio un vuelco en el pecho. No entendía por qué me pedía disculpas.

—¿Qué ha pasado? ¡Liam! —insistí para que hablara de una vez.

Le aparté con un gesto rápido la mano de la cara, con la que intentaba taparse constantemente. Ya había visto cómo se la habían dejado, por lo que no tenía nada que ocultar.

—Tengo que marcharme. No puedo seguir aquí, no lo aguanto más.

Sin tener que preguntarle a qué se refería, asentí con la cabeza. Lo sabía. La situación en su casa probablemente habría empeorado.

—Liam, puedes quedarte aquí conmigo, ya te lo he dicho muchas veces, sabes que... que hay otras opciones antes que marcharte.

Fue lo primero que se me ocurrió decir. Hablé rápido, pero mis palabras no lo convencieron.

—De verdad, Emily... Es que no puedo más.

Me puse de pie frente a él para poder mirarlo directamente a los ojos, ya que él rehuía los míos.

—¿Quieres contarme lo que ha pasado? —pregunté.

Quizá sería mejor empezar por ahí. Tenía claro que había sido algún problema familiar, pero en aquella ocasión algo había cambiado. No solo por las señales físicas de violencia, sino por su actitud. Hablaba cansado, agotado, como si ya no tuviera fuerzas para seguir adelante.

—Sí, por eso he venido —dijo—. No puedo contártelo todo porque podría meterte en problemas, y créeme, Emily, eso es lo último que quiero que te pase. Podrían interrogarte como testigo, o cómplice, o alguna de esas mierdas. En fin... digamos que es cierto. Todo era verdad. No te digo el qué, pero creo que te puedes hacer a la idea.

Asentí.

Habíamos hablado del tema del trabajo de su padre un mes atrás, cuando me acompañó a Sacramento. Lo recordaba perfectamente. Su padre había sido acusado de tráfico de drogas, pero no habían encontrado pruebas suficientes para meterlo en la cárcel. Después de un tiempo bajo vigilancia en el que parecía haber abandonado su sospechosa actividad, ahora había vuelto a las andadas. O eso era lo que se desprendía de sus palabras.

—Y claro, obviamente, me he negado. Me querían obligar a... formar parte de ese asunto, y he dicho que no. Le he gritado a mi padre y me he enfrentado a mis hermanos diciendo que yo no quería ser parte del chanchullo que tenían montado, y la cosa ha terminado peor que nunca. He tenido que vagar por la ciudad durante dos días, evitando volver a casa. Esta última noche he dormido a la intemperie... Pero no puedo seguir así. Nada puede seguir así, por eso he tomado esta decisión.

—Liam... —intenté interrumpirlo.

No podía creer que hubiera pasado por algo así él solo sin haberme avisado. Entendía que si me decía algo sobre el origen de la paliza en su casa podría meterme en algún problema por ser cómplice de la tapadera del sucio negocio de su padre. Pero dormir en la calle...

Liam comenzó a llorar. Me volví a sentar a su lado y lo abracé, entendiendo la decisión que había tomado.

Tenía que marcharse. Se veía obligado a irse de allí por su bien y, además, por el mío. Permanecí abrazada a él y sentí que mis ojos acompañaban en el llanto a los suyos. Me había acostumbrado tanto a esa sensación que apenas la notaba cuando sucedía.

—No estoy orgulloso de mi pasado, Emily. Cuando tenía catorce años, mis hermanos eran una mala influencia para mí. Me obligaron a hacer cosas que no quería. Asustábamos a chicas por la noche, les robábamos el móvil... —Se sorbió los mocos para seguir hablando—: Sé que lo que voy a decir no justifica todos aquellos actos, pero nunca tocamos a ninguna. Simplemente lo pasábamos bien asustándolas. Yo era una persona horrible, Emily, de verdad. Miro hacia atrás y me dan ganas de coger a mi yo de catorce años y encerrarlo. Toda mi vida ha sido así. Me dejaba llevar por lo que pensaba que era correcto.

»No fue hasta que cumplí los dieciséis, más o menos, cuando empecé a pensar por mí mismo y no a dejarme llevar por esos imbéciles con los que he vivido todo este tiempo. No podía creer que hubiera sido capaz de hacer algo así. Y por eso intenté cambiar, enfrentándome a ellos. Dejé de salir por la noche con mis hermanos, de acompañarlos en sus fiestas...

»Por la misma razón también decidí dejar el trabajo que hacía para mi padre. Era consciente de los rumores, pero los ignoraba. De hecho, tiempo atrás, hasta me hacían sentir especial por estar metido en un mundillo peligroso. Pensaba que era lo más por vivir al límite, cuando en realidad era un auténtico gilipollas. De ahí vienen todas las peleas con mi familia... y que me apuntara al grupo de apoyo.

Liam intentó seguir hablando, pero se le quebró la voz. Sollozó, y yo no lo solté. No quise mirarlo a la cara para no presionarlo. Sentí que había algo más, que sus lágrimas escondían unas palabras que no se atrevía a pronunciar porque si las decía en voz alta no habría vuelta atrás. Necesitó unos segundos hasta que siguió hablando.

—Lo único que quiero decirte con esto es que... Emily, lo siento muchísimo. Antes que nada, quiero que sepas que esto es solo una suposición, algo en lo que he estado pensando durante estos últimos días. No tiene por qué ser así, solo que he estado pensando y puede que...

—Dilo —le corté.

Mi voz denotaba una mezcla de miedo y enfado, porque temía lo que iba a decir. Solo estaba esperando a que lo dijera para romperme en dos.

—Tu hermana fue vista por última vez a pocos kilómetros de Crescent City. Es probable que... es probable que... quienes la mataran fueran mis hermanos.

*Un chico con la melena revuelta, vestido con pantalones de chándal, entró en la estación de autobuses. Se cubrió la cara con la capucha negra de la sudadera, aunque el cabello se le escapaba en todas las direcciones, tapándole uno de los ojos. Miró con timidez la pantalla que anunciaba los andenes de cada destino y echó a andar en línea recta, caminando hacia el número ocho.*

*Al mismo tiempo, a varios kilómetros de allí, tres hombres también encapuchados bajaban de una camioneta con unos palos. Les prendieron fuego en la parte superior, donde les habían atado unos paños grises, y las llamas se alzaron al instante. Con las antorchas en la mano, y la rapidez de quien lleva a cabo algo a sabiendas de que es ilegal y sin querer ser descubierto, rozaron el entramado de madera que sustentaba el muelle de Crescent City y, en consecuencia, el puerto. La humedad no pudo hacer nada por evitar que, en mitad de la noche, ardiera en pocos minutos gran parte de la construcción, alcanzando varios barcos que se encontraban amarrados allí en aquel desafortunado momento.*

# 20

Pegado a la parte inferior del sillín de la Canyon encontré un sobre. No llamaba la atención, pero esperaba a que su dueña se montara en la bicicleta para ser descubierto. Un lugar donde solo ella lo encontraría.

Me dirigía a la comisaría cuando lo vi. No sabía cuánto tiempo llevaba ahí ni por qué, pero sí que estaba segura de quién lo había puesto. Lo despegué y retrocedí hasta volver a entrar en casa. Mi madre me estaba esperando con la policía, porque había noticias del caso de mi hermana. Aun así, no pude evitar leer su contenido antes de ir. Me encerré en mi habitación para abrirlo. El sobre no se resistió mucho, porque lo rompí en mi impaciencia. Si tenía que enterarme de que las suposiciones de Liam eran ciertas, prefería hacerlo así.

Sabía que la carta tenía que ser suya, porque poca gente habría pensado en un lugar así para esconderla. Tenía que ser suya.

Mis ojos revisaron con tanta rapidez lo escrito que pasó casi un minuto hasta que la pude leer con calma. Exprimí cada detalle, cada signo de puntuación. La leí tantas veces que algunas partes me las sabía de memoria.

Me temblaban las manos, y tuve que dejarla sobre la cama para poder leerla una y otra vez sin que el papel se moviera todo el rato. Me arrodillé frente al colchón y permanecí así un par de minutos.

*Emily,*

*No puedo decirte dónde estoy por precaución, pero estoy bien. Te lo prometo.*

*Reuní todo el dinero que tenía ahorrado y le quité a mi hermano una cantidad que me debía para poder quedarme por aquí un par de meses hasta que encuentre otra solución.*

*Te escribo esta carta, que no tardarás mucho en leer, porque pronto tendré que hacer una visita a* Crescent City. *Me olvidé de una cosa importante en casa que tengo que destruir, y necesito entrar una noche, cuando ya todos estén dormidos, para recuperarla. Si lo consigo, no habrá ninguna pista que lleve la investigación hacia mí... sino todo lo contrario.*

*No quiero desviarme de lo importante que quería decirte. Lo primero es que no fueron mis hermanos. Pensé que cabría la posibilidad en un primer momento, ya que ellos dos, en los últimos años y por su cuenta, llegaron a cometer alguna barbaridad que me aseguraré de que salga a la luz en el futuro... pero no fue* Aria. *Los dos estaban en Dakota del Sur ese fin de semana; de hecho, pasaron tres semanas allí, por lo que no podrían haber sido ellos. Estuvieron todo ese tiempo intentando localizar a mis otros dos hermanos, se alojaron en un hotel y tienen grabaciones de ellos en los días anteriores y siguientes al uno de septiembre, incluido este. He investigado todo esto por mi cuenta durante estas tres semanas. Era una de las cosas que necesitaba ha-*

*cer cuando me marché, y quería decírtelo para que lo supieras. Sé que no cambia nada para ti, pero yo no me podría haber perdonado haber vivido todo este tiempo en casa de los asesinos de tu hermana. Les habría hecho algo peor de lo que le hicieron a ella, y no me habría arrepentido.*

*Lo segundo que quiero contarte es que pronto verás que los procesos legales siguen adelante. Ya me entenderás. No te preocupes, no hagas nada. Está todo arreglado, yo estaré bien y, por supuesto, tú también. Y no me refiero solo al incendio del muelle y del puerto.*

*Conseguí localizar a mis otros dos hermanos en Dakota del Sur. Les conté la situación y me han ayudado a arreglarla. No hallarán nada sobre mí cuando registren la casa. Porque, a pesar de que participé en ello sin conocer todos los detalles de lo que estaba haciendo, mi nombre estaba manchado. Ahora eso ya no es un problema.*

*Esto es lo que va a pasar: encontrarán pruebas en mi casa que incriminarán a mis dos hermanos y a mi padre. Probablemente dormirán una o dos noches en el calabozo de forma preventiva. Habrá un juicio, y serán llevados a la cárcel por un delito de posesión y tráfico de drogas. Probablemente mi nombre saldrá a relucir, pero, como te he dicho, no será un problema.*

*Sé que me he ido justo en el momento en el que más me necesitabas, pero tenía que hacerlo. No podía seguir más tiempo en aquella casa, ni podía vivir pensando en que podrían hacerte testificar como cómplice si se encontraban más pruebas. Porque lo habrían hecho. Lo hicieron con la antigua novia de mi hermano, y al final terminaría salpicándote.*

*Quiero que sepas que, aunque me he ido, no estoy huyendo. Es solo algo provisional. Sigo pensando en ti a cada momento. Jamás te abandonaría, porque sé que, además, este tema es para ti más complicado que para cualquier otra persona. Te juro que volveré en cuanto mi casa esté vacía y pueda estar a salvo. Por ahora tengo un sitio donde dormir, comer y esperar a que sea el momento de volver a tu lado.*

*Lo siento muchísimo. Perdóname por haberme ido. Tenía que hacerlo.*

*Necesito pedirte dos últimos favores antes de terminar. El primero es que quemes esta carta. No la rompas en pedazos, por muy pequeños que sean. Por favor, hazla desaparecer. No puedo arriesgarme a nada más después de todo esto. El segundo favor es que, si la has leído, si ha llegado a tus manos, me lo hagas saber de alguna manera. Si subes una foto de tu bicicleta a tu Instagram y pones un corazón verde en la descripción de la imagen, entenderé que te ha llegado bien. No se me ocurre otra forma de comunicarnos por ahora.*

*Espero volver muy pronto, en cuanto pueda, y reencontrarme contigo.*

*No olvides que te quiero mucho, y que siempre estoy a tu lado aunque no me veas.*

*LIAM*

# EPÍLOGO

*Emily*

Todo ocurrió tal y como Liam había previsto.

Ese mismo día quemé la carta, subí la foto de la bicicleta a Instagram con el corazón verde y salí disparada hacia la comisaría. No sin antes haber memorizado cada una de las líneas casi por completo.

Cuando llegué me esperaba una buena noticia. Habían encontrado al asesino de mi hermana. Un hombre de cincuenta años. Había actuado solo. Probablemente la siguió durante un tiempo, con sigilo, y se acercó por detrás sin que ella se percatara de lo que sucedía. Me aseguraron que su muerte había sido rápida, que apenas se habría dado cuenta de lo que estaba sucediendo. No había un motivo aparente, la policía estaba barajando la posibilidad de que el asesino tuviera problemas mentales, una obsesión que rozaba la misoginia.

Afortunadamente, tras varias semanas de papeleo y juicios rápidos, el hombre fue encarcelado y pudimos cerrar aquel capítulo de nuestra vida, aunque todavía quedaran todos los recuerdos en nuestra mente. Cuando vi la cara del asesino de mi hermana sentí una ira incontrolable. No solo por Aria, sino también por todas aquellas chicas que habían sido agredidas o asesinadas en las calles y sus casos dejaban de comentarse a los pocos días en los medios de comunicación, como si fuera un tema que hubiera dejado de interesar.

Continué acudiendo al grupo de terapia para trabajar en ello, y me di cuenta de que cada vez mejoraba un poco más.

Las acusaciones contra la familia de Liam tardaron casi dos meses en hacerse efectivas. Durante ese tiempo, tuve que esquivar preguntas de Lorenzo, Cora y todos los demás sobre qué había pasado con él y por qué había vuelto a dejar de ir a clase. Nunca les conté la verdad. Sin embargo, cuando llegó el momento, la casa de la familia Carter fue registrada de arriba abajo y todo sucedió tal y como él me había dicho.

Suspendí un par de asignaturas de las seis a las que me había presentado en los primeros exámenes del cuatrimestre, pero no me desanimé. Por primera vez en mucho tiempo, me sentía optimista. Tenía ganas de que llegara la Navidad, de pasarla con mi madre lo mejor que pudiéramos, y de distraerme de todo lo ocurrido en el último año. Tenía la esperanza de que Liam regresara en cualquier momento, y que por fin pudiera vivir tranquilo como se merecía. En todo aquel tiempo me había hecho mucho más fuerte, y estar sola me había ido bien. Pero ahora que ya se había aclarado lo de su familia, miraba todos los días mi bicicleta para ver si había alguna novedad sobre su paradero, y jamás me iba a dormir sin comprobar antes si me había escrito un mensaje al móvil, por si acaso. No me entristeció no tener todavía noticias de él, porque sabía que volvería. Me lo había prometido.

Al fin y al cabo, había pasado página de todo lo malo que había sucedido en mi vida, y todavía quedaba mucho por escribir.

# VARIOS AÑOS MÁS TARDE

*Liam*

Miré por el retrovisor un par de veces antes de cambiar de carril. El sol de California estaba en el punto más alto del cielo y la ventana del techo del vehículo le permitía colarse en el interior y asfixiarme de calor. Maldije en voz baja por haberme puesto una camiseta azul marino justo ese día mientras adelantaba al coche que tenía delante y regresaba al carril de la derecha una vez lo dejé atrás.

Esperé un par de minutos hasta que apareciera la salida que me llevaba directamente al campus. Había hecho tantas veces ese camino que lo conocía de memoria, por lo que sabía que llegaría a tiempo para recogerla. Puse el intermitente derecho y giré ligeramente el volante para abandonar la carretera. El coche que había adelantado hacía poco siguió su camino, y me quedé solo. Me extrañó que no hubiera nadie más en la zona a esas horas, ya que mucha gente estaba saliendo de clase, pero descubrí el motivo en cuanto atravesé el aparcamiento.

Varias decenas de alumnos se agolpaban en la puerta de la universidad, gritando de emoción y abrazándose entre ellos. Miré el reloj. Efectivamente, había llegado en el momento exacto. Aparqué el coche en una plaza no muy lejos de donde se encontraban, cogí la carpeta verde llena de documentos y fui directo hacia el grupo de alumnos. No pude encontrar ninguna cara conocida, pero ella sí que me encontró a mí.

Una chica de pelo castaño oscuro salió disparada en mi dirección, con una sonrisa tan amplia que enseguida comprendí que todo había acabado bien. Sin preguntarle nada, me acerqué a ella corriendo, la abracé y la besé. Ella se separó enseguida para enseñarme una hoja que no paraba de agitar en la mano. Tardé menos de cinco segundos en leer que había aprobado todas las asignaturas y, por tanto, había terminado la universidad. La besé de nuevo en los labios, las mejillas y la nariz, orgulloso de ella. Intercambiamos un montón de palabras sin sentido que solo nosotros entendimos.

Levanté la cabeza para observar a su grupo de amigos, que seguía gritando alegremente. Se hacían fotos y se abrazaban sin parar como si se tratara del último día de un campamento de verano.

—Liam —dijo reclamando mi atención.

La miré a esos ojos que conocía tan bien.

—Dime.

—Tu carpeta —me instó, nerviosa.

Con torpeza, saqué del interior varios folios y un sobre sin abrir. Ella no pareció sorprenderse cuando se dio cuenta de que lo que ponía en esa carta seguía siendo un misterio.

—No me lo puedo creer —dijo entre risas—. Has traído toda la información para matricularte en UCLA, has venido hasta aquí, hoy es el último día de plazo y todavía no has abierto la carta que te dice si has entrado o no en la carrera que has solicitado... Eres un bicho raro, Liam.

Me encogí de hombros sin saber qué decir.

—Me da miedo que unas líneas puedan decidir mi futuro por mí, ya lo sabes —le respondí.

No era nada nuevo, porque ya lo habíamos hablado muchas veces.

Ella dio un paso hacia mí y me abrazó. Le devolví el abrazo, apoyando mi cabeza contra la suya.

—Vamos a hacerlo juntos —propuso.

—Sería gracioso entrar precisamente ahora en la universidad cuando tú ya has acabado —dije, hecho un manojo de nervios—. Es como si nos lleváramos mal e intentáramos evitarnos. —Solté una risa nerviosa y me di cuenta de que mi inseguridad estaba hablando por mí. Había llegado el momento de enfrentarme a ello y sentí que las manos me empezaban a sudar. Ella no respondió, sino que simplemente se apartó y cogió el resto de los documentos para dejarme solo con el sobre cerrado entre las manos.

—Vamos, Liam —me animó.

Tomé aire y lo solté un par de veces. Leí mi nombre y la dirección de nuestro piso alquilado en Los Ángeles por última vez antes de conocer el contenido de la carta. Le di la vuelta al sobre y rasgué cuidadosamente el borde superior. Dentro solo había una hoja doblada en tres partes.

Ella sujetó el sobre y me dejó las manos libres para leerla. A pesar de los nervios, una sorprendente calma se apoderó de mí cuando llegó el momento.

Desplegué el papel y pasé los ojos por encima de cada una de las palabras, con miedo a anticipar el resultado, hasta que lo leí. La doblé de nuevo y levanté la vista.

—Ingeniería mecánica —susurré.

Respiré de nuevo, intentando controlar mi entusiasmo, mientras Emily chillaba de emoción y se abalanzaba sobre mí al recibir la noticia.

Quizá unas pocas líneas podrían decidir una parte de mi futuro, pero yo había elegido la parte más importante: empezar una nueva vida con la persona a la que amaba y que era mi otra mitad.